D1355916

ZONEN VAN HET LOT

De wereld van Darren Shan – 12

Darren Shan

ZONEN VAN HET LOT

De wereld van Darren Shan – 12

Piramide

STICHTING NEDERLANDSE
KINDERJURY
2006

Bezoek ook Shanville – het thuis van Darren Shan –
op www.darrenshan.com

Oorspronkelijke titel: *Sons of Destiny*
Verschenen bij HarperCollins*Publishers*
© 2004 Darren Shan
Voor deze uitgave:
© 2005 Piramide, een imprint van uitgeverij De Fontein, Baarn
Vertaling: Lucien Duzee
Omslagafbeelding: Larry Rostant
Omslagontwerp: Wouter van der Struys
Grafische verzorging: Text & Image

ISBN 90 261 3092 9
NUR 283

Voor:

Bas, Biddy en Liam – mijn drie steunpilaren

OBI
(Orde van de Bloederige Ingewanden) voor:

'Lucky' Aleta Moriarty

A en Bo – de beste banshee's van Bangkok
Emily 'Lilliputter' Chuang
Jennifer 'Stacey' Abbots

Wereld van Darren Shan-redacteuren:

Domenica De Rosa, Gillie Russell, Zoë Clark en
Julia Bruce – heel erg bedankt, dames!!!

De Verrekt Vaardige Vrijbuiters:
De Christopher Little-moordenaars

En vooral dank aan al mijn Shansters, vooral zij die
me gezelschap hebben gehouden in Shanville.
Mogen jullie allen in de dood nog overwinnen!

PROLOOG

Als mijn leven een sprookje was en ik schreef er een boek over, dan zou ik beginnen met 'Er waren eens twee jongens, Darren en Steve...' Maar mijn leven is een griezelverhaal, dus als ik erover zou schrijven, zou ik moeten beginnen met zoiets als: Het Kwaad heeft een naam: Steve Leopard.

Hij werd geboren als Steve Leonard, maar voor zijn vrienden (ja – hij had ooit vrienden!) was hij altijd Steve Leopard. Thuis was hij niet gelukkig, hij had geen vader en hij hield niet van zijn moeder. Hij droomde van macht en glorie. Hij snakte naar kracht en respect en de tijd om ervan te genieten. Hij wilde een vampier worden.

Zijn kans deed zich voor toen hij een wezen van de nacht, Larten Crepsley, zag optreden in de wonderbaarlijke, magische show van het Cirque du Freak. Hij vroeg Meneer Crepsley hem bloed te geven. De vampier weigerde, omdat hij vond dat Steve slecht bloed had. Steve nam het hem heel erg kwalijk en zwoer dat hij als hij ouder was jacht op hem zou maken en hem zou doden.

Een paar jaar daarna, toen Steve zich voorbereidde op een leven als vampiersjager, hoorde hij van het bestaan van de vampanezen met de paarse huid en rode ogen. In legendes zijn vampiers verdorven moordenaars die mensen helemaal leegzuigen. Dat is hysterische flauwekul – als ze drinken, gebruiken ze maar kleine hoeveelheden bloed waardoor ze geen letsel toebrengen. Maar de vampanezen zijn anders. Die maakten zich zeshonderd jaar geleden los van de vampiersclan. Zij leven naar eigen wetten. Ze vinden het schandelijk van een mens te drinken zonder hem te doden. Ze moorden altijd als ze drinken. Steves soort volk!

Steve ging op zoek naar de vampanezen en was ervan overtuigd dat ze hem zouden accepteren. Waarschijnlijk dacht hij dat ze net zo gestoord waren als hij. Maar hij had het mis. Hoewel de vampanezen moordenaars waren, waren ze niet door en door slecht. Ze martelden geen mensen en ze probeerden zich niet te bemoeien met de vampiers. Ze hielden zich bezig met hun eigen zaken en leidden een rustig leven.

Ik weet het niet zeker, maar ik vermoed dat de vampanezen Steve afgewezen hadden, net zoals meneer Crepsley had gedaan. De vampanezen leven volgens striktere, traditionelere regels dan de vampiers. Ik zie hen niet zomaar een mens in hun gelederen opnemen als ze wisten dat hij uiteindelijk slecht zou worden.

Maar Steve slaagde erin de clan binnen te dringen, dankzij die agent van de chaos: Desmond Tiny. De meesten noemen hem alleen maar meneer Tiny, maar als je zijn voornaam afkort en verbindt met zijn achternaam, krijg je meneer Destiny, meneer Noodlot. Hij is de machtigste man op aarde, voor zover iedereen weet onsterfelijk en een bemoeial van de ergste soort. Eeuwen eerder had hij de vampanezen een cadeau gegeven, een doodskist die zich vulde met vuur als iemand erin ging liggen en hem binnen een paar tellen volledig verbrandde. Maar volgens hem zou ooit iemand erin slagen er ongedeerd weer uit te komen. Die persoon zou de Heer der Vampanezen worden en iedereen van de clan zou hem moeten gehoorzamen. Als ze deze Heer accepteerden zouden ze machtiger worden dan ze zich ooit hadden voorgesteld. Zo niet, dan zouden ze vernietigd worden.

Steve kon de belofte van een dergelijke macht niet laten ontglippen. Hij besloot zich aan de proef te onderwerpen. Waarschijnlijk dacht hij dat hij niets te verliezen had. Hij stapte in de kist, werd omsloten door de vlammen en stapte er een ogenblik later ongedeerd weer uit. Plotseling veranderde alles. Hij kreeg een leger vampanezen tot zijn beschikking, die allemaal bereid waren hun leven voor hem te geven en alles te doen wat hij vroeg. Hij hoefde zich niet meer te beperken tot het doden van meneer Crepsley alleen – hij kon de hele vampiersclan uitroeien.

Maar meneer Tiny wilde niet dat de vampanezen de vampiers te gemakkelijk zouden vernietigen. Hij geniet van leed en conflicten. Een snelle en onbetwistbare overwinning zou hem niet genoeg voldoening geven. Dus bood hij de vampiers een uitweg. Drie van hen hadden het vermogen de Heer der Vampanezen te doden voordat hij al zijn macht verwierf. Ze zouden vier kansen krijgen. Als ze succes hadden en hem doodden, zouden de vampiers de Oorlog der Littekens winnen (zo heette de strijd tussen de vampiers en vam-

9

panezen). Lukte het niet, dan zouden twee van hen tijdens de jacht sterven, en zou de derde de oorlog overleven om getuige te zijn van de ondergang van de clan. Meneer Crepsley was een van de jagers. Vancha March, een Vampiersprins, de tweede. De derde was ook een Prins, de jongste ooit, een halfvampier die Darren Shan heette – en daar verscheen ik op het toneel.

Toen we jong waren, waren Steve en ik de beste vrienden. We gingen samen naar het Cirque du Freak en via Steve hoorde ik van het bestaan van vampiers en werd ik hun wereld binnengezogen. Ik kreeg bloed van meneer Crepsley en werd zijn assistent. Onder zijn toezicht leerde ik de gebruiken van de vampiers kennen en reisde naar de Vampiersberg. Daar deed ik mijn Initiatieproeven en faalde. Omdat ik voor mijn leven vreesde, ging ik ervandoor. Maar tijdens mijn vlucht ontdekte ik een complot om de clan te vernietigen. Later maakte ik het bekend en als beloning werd ik niet alleen in de clan opgenomen, maar tot Vampiersprins gekozen.

Na zes jaar in de Vampiersberg gaf meneer Tiny me de taak jacht te maken op de Heer der Vampanezen, samen met meneer Crepsley en Vancha. Een van de Kleine Mensen van meneer Tiny reisde met ons mee. Hij heette Harkat Mulds. Kleine Mensen hebben een samengestikte grijze huid, zijn klein en hebben grote groene ogen, missen een neus en hun oren zitten onder de huid van hun hoofd genaaid. Ze worden gemaakt uit de stoffelijke resten van doden. Harkat wist niet wie hij vroeger was geweest, maar later kwamen we erachter dat hij in zijn vorige leven Kurda Smahlt was: de vampier die de clan had verraden in de hoop de Oorlog der Littekens te voorkomen.

Aangezien we niet wisten wie de Heer der Vampanezen was, misten we onze eerste kans om hem te doden. Vancha liet hem ontsnappen, omdat de Heer werd beschermd door Vancha's vampanese broer, Gannen Harst. Later, in de geboorteplaats van meneer Crepsley, liep ik Steve weer tegen het lijf. Hij vertelde me dat hij een vampanezenjager was en ik, dwaas die ik was, geloofde hem. De anderen deden dat ook, hoewel meneer Crepsley achterdochtig bleef. Hij had het gevoel dat er iets niet klopte, maar ik overtuigde hem ervan Steve het voordeel van de twijfel te gunnen. Ik heb een paar verschrikkelijke fouten gemaakt in mijn leven, maar dit was beslist de ergste.

Toen Steve ons onthulde aan welke kant hij werkelijk stond, voerden we oorlog en we kregen twee keer de kans hem te doden. De eerste keer lieten we hem lopen omdat we zijn leven wilden ruilen tegen dat van Debbie Hemlock – mijn vriendin onder de mensen. De tweede keer vocht meneer Crepsley tegen Steve, Gannen Harst en een bedrieger die deed alsof hij de Heer der Vampanezen was. Meneer Crepsley doodde de bedrieger, maar werd vervolgens door Steve in een kuil vol staken geworpen. Hij had Steve met zich mee kunnen slepen, maar liet hem in leven zodat Gannen Harst en de andere vampanezen de levens van zijn vrienden zouden sparen. Pas daarna onthulde Steve de waarheid over zichzelf en dat maakte het bittere verlies van meneer Crepsley nog ondraaglijker.

Een lange tijd verstreek tussen die en onze volgende ontmoeting. Ik ging er met Harkat opuit om de waarheid over zijn verleden te achterhalen. We kwamen in een verloren wereld vol monsters en mutanten waarvan we later merkten dat het de aarde in de toekomst was. Na mijn terugkeer reisde ik een paar jaar mee met het Cirque du Freak en wachtte tot het noodlot (of meneer Noodlot) Steve en mij weer bij elkaar zou brengen voor een laatste confrontatie.

Onze paden kruisten elkaar ten slotte weer in onze geboorteplaats. Ik keerde er terug met het Cirque du Freak. Het was vreemd om het verleden weer te bezoeken en om door de straten van het stadje te lopen waar ik was opgegroeid. Ik zag mijn zus Annie, nu een volwassen vrouw met een kind en ik ontmoette een oude vriend, Tommy Jones, die profvoetballer was geworden. Ik bezocht een belangrijke cupwedstrijd waar Tommy speelde. Zijn ploeg won, maar de vreugde duurde maar even: twee van Steve's moordenaars drongen het stadion binnen en vermoordden heel veel mensen, onder wie Tommy.

Ik haastte me achter het moorddadige tweetal aan en liep recht in een val. Ik kwam weer tegenover Steve te staan. Hij had een kind bij zich dat Darius heette – zijn zoon. Darius schoot me neer. Steve had me kunnen doden, maar deed het niet. Het was niet de voorbestemde tijd. Mijn einde (of dat van hem) zou pas komen als ik tegenover hem kwam te staan met Vancha naast me.

Kruipend door de straten werd ik gered door een stel zwervers. Ze waren gerekruteerd door Debbie en Alice Burgess, een voormalig politie-inspecteur, die een leger van mensen samenstelden om de vampiers te helpen. Vancha March kwam weer bij me toen ik herstelde. Met de vrouwen en Harkat keerden we terug naar het Cirque du Freak. We bespraken de toekomst met meneer Tall, de eigenaar van het circus. Hij vertelde ons dat er, ongeacht de overwinnaar in de oorlog, een duivelse dictator zou opstaan. Deze Heer van het Duister zou heersen over de wereld en haar volledig in de as leggen.

We waren nog niet bekomen van dit vreselijke nieuws, toen twee krankzinnige volgelingen van Steve toesloegen: V.W. en Morgan James, het stel dat Tommy Jones had vermoord. Met de hulp van Darius slachtten ze meneer Tall af en namen een gijzelaar mee – een jonge jongen die Shancus heette. Hij was half mens en half slang en de zoon van een van mijn beste vrienden, Evra Von.

Terwijl meneer Tall zijn laatste adem uitblies, verschenen op geheimzinnige wijze uit het niets meneer Tiny en de heks Evanna. Meneer Tiny bleek de vader van meneer Tall te zijn en Evanna diens zus. Meneer Tiny bleef achter en rouwde om de dood van zijn zoon, terwijl Evanna ons vergezelde op de jacht naar de moordenaars van haar broer. Het lukte ons Morgan James te doden en Darius te grijpen. Terwijl de anderen achter V.W. en Shancus aan gingen, wisselde ik een paar woorden met Evanna. De heks kon in de toekomst kijken en ze onthulde me dat als ik Steve zou doden, ik zijn plaats als Heer van het Duister zou innemen. Ik zou in een monster veranderen, Vancha en verder iedereen die me in de weg liep vermoorden, en zou niet alleen de vampanezen vernietigen maar ook de hele mensheid.

Hoe geschokt ik ook was, er was geen tijd om erover na te denken. Met mijn bondgenoten volgden we V.W. naar de oude bioscoop waar Steve en ik meneer Crepsley voor het eerst hadden ontmoet. Steve wachtte ons op, veilig op het toneel, van ons gescheiden door een put die hij had gegraven en die had vol gezet met staken. Hij bespotte ons een tijdje, stemde toen toe het leven van Shancus te ruilen tegen dat van Darius. Maar hij loog. In plaats van de slangenjongen vrij te laten, doodde hij hem op beestachtige wijze. Ik had Darius nog in mijn handen. In een blinde, kille woede maakte ik me op hem uit wraak te vermoorden. Maar net voor ik de jongen kon doodsteken, wist Steve me tegen te houden met de wreedste onthulling tot dat moment – Darius moeder was mijn zus Annie. Als ik Steves zoon vermoordde, zou ik mijn eigen neefje doden.

Daarna vertrok hij met een honende, duivelse lach en liet me achter in alle krankzinnigheid van deze met bloed doordrenkte nacht.

DEEL EEN

Ik ging op het toneel zitten. Ik liet mijn ogen door het theater gaan, dacht terug aan de opwindende voorstelling die ik had gezien toen ik hier de eerste keer kwam en vergeleek die met het gestoorde 'amusement' van vanavond. Ik voelde me heel klein en eenzaam.

Vancha had zijn hoofd koel gehouden, zelfs toen Steve zijn troefkaart uitspeelde. Hij klauterde door de put met staken het toneel op, rende daarna de tunnel in waar Steve, Gannen en V.W. doorheen waren gevlucht. Die kwam uit in de straten achter het theater. Het was onmogelijk te achterhalen welke kant ze op waren gegaan en hij kwam vloekend van kwaadheid terug. Toen hij Shancus dood op het toneel zag liggen als een vogeltje met een gebroken nek, bleef hij staan en zonk op zijn knieën.

Evra bereikte als tweede de overkant en riep om Shancus, gilde dat hij niet mocht sterven, ook al moest hij hebben geweten dat het geen zin meer had en zijn zoon al dood was. We hadden hem tegen moeten houden – hij viel een paar keer, waarbij hij zich verwondde aan de staken en gemakkelijk had kunnen omkomen – maar wij waren te versteend door de schrik en de afschuw.

Gelukkig bereikte Evra het toneel zonder zich al te ernstig te verwonden. Pas daar zakte hij naast Shancus in elkaar en zocht wanhopig naar enig teken van leven. Toen schreeuwde hij het uit. Snikkend en kreunend wiegde hij het hoofd van de dode jongen in zijn schoot terwijl zijn tranen op het onbeweeglijke gezicht van zijn zoon vielen. We keken van een afstand toe. We huilden allemaal, zelfs de gewoonlijk onverstoorbare Alice Burgess.

Na enige tijd wurmde ook Harkat zich door de staken heen. Op het toneel lag een lange plank. Vancha en hij schoven die over de kuil heen zodat de rest van ons zich bij hen kon voegen. Ik denk niet dat iemand daar echt naartoe wilde. Lange tijd bewogen we geen van allen. Toen strompelde Debbie hevig snikkend met lange uithalen naar de plank en bereikte het toneel.

Alice stak daarna de put over. Ik volgde als laatste. Ik trilde oncontroleerbaar. Ik wilde me omdraaien en vluchten. Eerder had ik gedacht dat ik wist hoe ik me zou voelen als ons plan niet zou blijken te werken. Maar ik wist helemaal niets. Ik had nooit verwacht dat Steve de slangenjongen echt zou doden. Ik had de jongen met V.W. naar Steves schuilplaats laten gaan in de veronderstelling dat mijn lievelingspetekind niets zou overkomen.

Nu Steve me voor gek had gezet (alweer) en Shancus had afgeslacht, wilde ik alleen nog maar dood. Als ik dood was, zou ik geen pijn meer voelen. Geen schande. Geen schuld. Ik zou Evra niet in de ogen hoeven kijken in het besef dat ik verantwoordelijk was voor de zinloze en schokkende dood van zijn zoon.

We waren Darius vergeten. Ik had hem niet gedood – hoe zou ik mijn eigen neefje kunnen doden? Na de triomfantelijke onthulling van Steve waren de haat en woede die als een vuur in me hadden gewoed ineens uit me weggevloeid. Ik liet Darius los nu mijn moordzuchtige bedoelingen waren verdwenen en liet hem gewoon aan de overkant van de put achter.

Evanna stond bij de jongen en plukte doelloos aan een van de touwen rond haar lichaam – ze gaf de voorkeur aan touwen boven gewone kleren. Het was duidelijk aan de houding van de heks te zien dat ze niets zou doen als Darius probeerde te vluchten. Dat had hij heel gemakkelijk kunnen doen. Maar hij deed het niet. Hij bleef staan, als een schildwacht, trillend, en hij wachtte tot we hem zouden roepen.

Ten slotte kwam Alice struikelend op me af, terwijl ze de tranen uit haar gezicht veegde. 'We moeten ze terugbrengen naar het Cirque du Freak,' zei ze, knikkend naar Evra en Shancus.

'Zo direct,' zei ik instemmend. Ik vreesde het moment waarop ik Evra onder ogen moest komen. En wat moest ik met Merla, de moeder van Shancus? Moest ík haar het verschrikkelijke nieuws vertellen?

'Nee, nu,' zei Alice kordaat. 'Harkat en Debbie kunnen hen brengen. We moeten een paar dingen regelen voor we vertrekken.' Ze knikte naar Darius, klein en kwetsbaar onder het felle schijnsel van de lampen.

'Ik wil hier niet over praten,' kreunde ik.

'Dat weet ik,' zei ze. 'Maar we moeten. De jongen weet misschien waar Steve zit. En als het zo is, is dit de tijd om toe te slaan. Ze zullen het niet verwachten...'

'Hoe kun je zelfs maar aan dit soort dingen denken?' Ik siste kwaad. 'Shancus is dood! Kan het je niet schelen?'

Ze gaf me een klap in mijn gezicht. Verdoofd knipperde ik met mijn ogen. 'Je bent geen kind, Darren, dus gedraag je niet als zodanig,' zei ze koel. 'Natuurlijk kan het me wel schelen. Maar we kunnen hem niet terughalen en we winnen er niets mee door hier te blijven kniezen. We moeten iets doen. Alleen met een snelle wraakactie kunnen we misschien nog iets van troost vinden.'

Ze had gelijk. Je had niets aan zelfmedelijden. Wraak, daar ging het om. Hoe moeilijk het ook was, ik zette het verdriet van me af en maakte aanstalten om het lichaam van Shancus naar huis te sturen. Harkat wilde niet met Evra en Debbie mee. Hij wilde blijven en met ons achter Steve aan gaan. Maar iemand moest helpen Shancus te dragen. Met tegenzin nam hij de taak op zich, maar ik moest hem beloven dat we Steve niet zonder hem zouden pakken. 'Ik reis al te lang met je mee... om het nu te missen. Ik wil erbij zijn als jij... de demon verslaat.'

Voor ze vertrok sloeg Debbie haar armen om me heen. 'Hoe heeft hij dit kunnen doen?' zei ze huilend. 'Zelfs een monster kon niet... zou niet...'

'Steve is erger dan een monster,' antwoordde ik verdoofd. Ik wilde haar omhelzing beantwoorden, maar mijn armen kwamen niet in beweging. Alice trok haar voorzichtig van me weg. Ze gaf Debbie een zakdoek en fluisterde iets tegen haar. Debbie snifte ellendig, knikte, omhelsde Alice en ging toen naast Evra staan. Ik wilde met Evra praten voor hij vertrok, maar ik wist niet wat ik moest zeggen. Misschien had ik gereageerd als hij op me af was gestapt, maar hij had alleen nog maar oog voor zijn levenloze zoon. Dode mensen zien er vaak uit alsof ze slapen. Shancus niet. Hij was een beweeglijk, druk, actief kind geweest. Al die vitaliteit was nu verdwenen. Als je naar hem keek, zag je gewoon dat hij dood was.

Ik bleef staan tot Evra, Debbie en Harkat waren verdwenen. Harkat droeg het lichaam van Shancus teder in zijn dikke, grijze armen. Toen zakte ik op mijn knieën en bleef heel lang zo zitten. Ik keek verdwaasd om me heen en dacht aan het verleden, aan mijn eerste bezoek aan de bioscoop en gebruikte mijn herinneringen om me af te sluiten voor mijn verdriet.

Uiteindelijk kwamen Vancha en Alice naar me toe. Ik weet niet hoelang ze met elkaar hadden staan praten, maar toen ze voor me stonden, hadden ze de tranen van hun gezicht geveegd en waren ze klaar om tot actie over te gaan.

'Zal ik met de jongen praten, of doe jij het?' vroeg Vancha bruusk.

'Het kan me niet schelen.' Ik zuchtte. Ik wierp een blik op Darius die nog met Evanna in de uitgestrekte ruimte van de zaal stond en zei: 'Ik doe het wel.'

'Darius,' riep Alice. De jongen keek direct op. 'Kom hier.'

Darius liep meteen naar de plank, klom erop en stak over. Hij had een uitstekend evenwichtsgevoel. Ik moest er ineens aan denken dat het waarschijnlijk een neveneffect was van zijn vampanezenbloed – Steve had iets van zijn bloed in dat van zijn zoon overgebracht, waardoor hij een halfvampanees was geworden. Door die gedachte begon ik de jongen weer te haten. Mijn vingers kromden zich alsof ze zich voorbereidden de jongen bij zijn keel te grijpen en...

Direct daarop herinnerde ik me zijn gezicht toen hij hoorde dat hij een neef van me was – schrik, angst, verwarring, pijn, wroeging – en mijn haat voor de jongen verdween.

Darius kwam direct naar ons toe gelopen. Als hij bang was – en dat moest hij wel zijn – wist hij dat dapper te verbergen. Hij bleef staan en staarde Vancha aan, daarna Alice en ten slotte mij. Nu ik hem van dichtbij zag, zag ik een zekere familiegelijkenis. Ik dacht er fronsend over na.

'Jij bent niet de jongen die ik eerder heb gezien,' zei ik. Darius keek me onzeker aan. 'Toen ik hier net was, ben ik naar mijn oude huis gegaan,' legde ik uit. 'Ik heb er vanachter een hek naar staan kijken. Ik zag Annie. Ze haalde de was van de lijn. Toen kwam jij naar buiten om te helpen. Maar jij was het niet. Het was een mollige jongen met blond haar.'

'Oggy Bas,' zei Darius na even nagedacht te hebben. 'Een vriend van me. Ik herinner me die dag. Hij ging met me mee naar huis. Ik stuurde hem naar buiten om ma te helpen, terwijl ik mijn schoenen uittrok. Oggy doet alles wat ik zeg.' Hij keek nerveus om zich heen en likte langs zijn lippen. 'Ik wist het niet,' zei hij. Het was geen excuus, gewoon een constatering. 'Pa vertelde me dat alle vampiers slecht zijn. Hij vond jou de ergste van de hele club. Darren, de wrede. Darren, de krankzinnige. Darren, de kinderdoder. Maar hij heeft nooit je achternaam genoemd.'

Evanna was na Darius de plank overgestoken en liep om ons heen, terwijl ze ons bestudeerde alsof we schaakstukken waren. Ik negeerde haar – later zou ik me met de heks bezighouden.

'Wat vertelde Steve je over de vampanezen?' vroeg ik Darius.

'Dat ze de vampiers wilden verhinderen mensen te doden. Ze hadden zich een paar honderd jaar geleden van de clan losgemaakt en voerden sindsdien strijd om het afslachten van mensen te verhinderen. Zelf dronken ze alleen maar beetjes bloed als ze het nodig hadden, net voldoende om te overleven.'

'En jij geloofde hem?' snoof Vancha.

'Hij is mijn vader,' antwoordde Darius. 'Hij is altijd aardig tegen me geweest. Ik heb hem nooit zo gezien als vanavond. Ik had geen enkele reden om hem niet te geloven.'

'En nu heb je wel een reden,' merkte Alice droog op.

'Ja. Hij is slecht.' Terwijl hij dat zei, barstte Darius in tranen uit en bleef er van zijn dappere houding niets over. Het is niet gemakkelijk voor een kind om toe te geven dat zijn vader slecht is. Zelfs ondanks mijn verdriet en kwaadheid had ik medelijden met de jongen.

'Hoe is het met Annie?' vroeg ik toen Darius zich weer enigszins had hersteld. 'Vertelde Steve haar dezelfde soort leugens?'

'Ze weet het niet,' zei Darius. 'Ze hebben nog voor

mijn geboorte het contact verbroken. Ik vertelde het haar nooit als ik een afspraak met hem had.'

Ik slaakte een zucht van verlichting. Ik had even een angstaanjagend beeld gehad van Annie als mede-plichtige van Steve en dat ze net zo bitter en gestoord was geworden als hij. Het was fijn om te weten dat ze geen deel uitmaakte van zijn kwaadaardige krank-zinnigheid.

'Wil je hem de waarheid over vampiers en vampane-zen vertellen, of doe ik het?' vroeg Vancha.

'Alles op zijn tijd,' onderbrak Alice hem. 'Weet hij waar zijn vader is?'

'Nee,' zei Darius triest. 'Ik ontmoette hem altijd hier. Dit was zijn basis. Als hij een andere schuilplaats heeft, dan ken ik die niet.'

'Verdomme!' gromde Alice.

'Geen enkel idee?' vroeg ik. Darius dacht even na en schudde zijn hoofd. Ik wierp een blik op Vancha. 'Wil jij hem vertellen hoe de vork in de steel zit?'

'Zeker.' Snel vertelde Vancha Darius de waarheid. Hij zei dat de vampanezen degenen waren die doodden als ze dronken, en beschreef minutieus hun gewoonten — dat ze een deel van de geest van een persoon tegelij-kertijd met zijn bloed opzogen, waardoor ze het leeg-zuigen niet als moord zagen. Ze waren nobel. Ze logen nooit. Ze waren niet opzettelijk kwaadaardig.

'Toen kwam je vader,' zei Vancha en hij vertelde over de Heer der Vampanezen, over de Oorlog der Litte-kens, de voorspelling van meneer Tiny en ons aan-deel erin.

'Ik begrijp het niet,' zei Darius met gefronst voorhoofd

toen hij alles had gehoord. 'Als vampanezen niet liegen, hoe kan het dan dat pa niets anders deed dan liegen? En hij leerde me met een pijlgeweer omgaan, maar jullie zeggen ze dat soort wapens niet mogen gebruiken.'

'Ze horen het niet te doen,' zei Vancha. 'Ik heb nog nooit gehoord of gezien dat een van de anderen die regels heeft overtreden. Maar hun Heer staat boven die wetten. Ze aanbidden hem zo erg – of zijn bang wat er zal gebeuren als ze hem niet gehoorzamen – dat het hen niet kan schelen wat hij doet, zolang hij hen maar naar de zege over de vampiers voert.'

Darius dacht daar lange tijd zwijgend over na. Hij was pas tien, maar zijn gelaatsuitdrukking en zijn houding waren die van een veel ouder iemand.

'Als ik het had geweten, zou dat niets veranderd hebben,' zei Darius ten slotte. 'Ik groeide op met de gedachte dat vampiers slecht waren, zoals in films. Toen mijn vader me een paar jaar geleden kwam opzoeken en me vertelde dat het zijn missie was om ze tegen te houden, zag ik het als een enorm avontuur. Ik vond hem een held. Ik was er trots op zijn zoon te zijn. Ik zou alles voor hem over hebben gehad. Ik ging...'

Het leek of hij weer zou gaan huilen. Maar hij vermande zich en keek me aan. 'Maar hoe ben jij hierin verzeild geraakt?' vroeg hij. 'Mam vertelde dat je dood was. Ze zei dat je je nek had gebroken.'

'Ik heb mijn dood in scène gezet,' zei ik en ik gaf een heel beknopt overzicht van mijn vroegere leven als vampiersassistent en van alles wat ik had opgeofferd om het leven van Steve te redden.

'Maar waarom haat hij je dan als je zijn leven hebt gered?' schreeuwde Darius. 'Dat is krankzinnig!'

'Steve ziet de dingen anders.' Ik haalde mijn schouders op. 'Hij gelooft dat het zijn lot was vampier te worden. Hij vindt dat ik de plaats heb ingenomen die hem rechtmatig toekwam. Hij is vastbesloten mij daarvoor te laten boeten.'

Darius schudde verward zijn hoofd. 'Dat begrijp ik niet,' zei hij.

'Je bent jong.' Ik glimlachte triest. 'Je hebt nog veel te leren over mensen en waarom ze dingen doen.' Ik zweeg en dacht eraan dat dat dingen waren die de arme Shancus nooit zou leren.

'En,' zei Darius een tijdje later, de stilte verbrekend. 'Wat gebeurt er nu?'

'Ga naar huis,' verzuchtte ik. 'Vergeet het. Laat het achter je.'

'En de vampanezen dan?' riep Darius. 'Pa is daar nog. Ik wil jullie helpen hem te vinden.'

'O ja?' Ik keek hem ijzig aan. 'Wil je ons helpen hem te doden? Jij brengt ons naar je eigen vader en kijkt toe hoe we zijn verrotte hart eruit snijden?'

Darius bewoog ongemakkelijk. 'Hij is slecht,' fluisterde hij.

'Ja,' gaf ik toe. 'Maar hij blijft je vader. Je kunt er beter niets mee te maken hebben.'

'En mam?' vroeg Darius. 'Wat moet ik haar vertellen?'

'Niets,' zei ik. 'Ze denkt dat ik dood ben. Laat haar dat denken. Vertel niets hiervan. De wereld waarin ik leef is niet geschikt voor kinderen — en ik weet het omdat ik er als kind in geleefd heb! Pak je gewone leven weer op. Blijf niet te lang stilstaan bij wat er is gebeurd. Over een tijdje zal dit alleen nog een verschrikkelijke droom voor je zijn.' Ik legde mijn handen op zijn schouders en glimlachte warm. 'Ga naar huis, Darius. Wees goed voor Annie. Maak haar gelukkig.'

Darius was niet blij, maar ik zag dat hij overwoog mijn raad op te volgen.

Toen sprak Vancha. 'Dat is niet zo eenvoudig.'

'Wat?' Ik fronste mijn voorhoofd.

'Hij zit er nu middenin. Hij kan er niet zomaar uitstappen.'

'Natuurlijk wel!' snauwde ik.

Vancha schudde koppig zijn hoofd. 'Hij heeft bloed gekregen. Het bloed van de vampanezen in hem is weliswaar nog dun, maar het zal dikker worden. Hij zal anders opgroeien dan andere kinderen en over een paar decennia zal de reiniging optreden en wordt hij een volledige vampanees.' Vancha zuchtte. 'Maar zijn echte problemen zullen veel eerder beginnen.'

'Wat bedoel je?' zei ik schor, hoewel ik voelde waar hij op aanstuurde.

'Drinken,' zei Vancha. Hij wendde zijn blik naar Darius. 'Je zult bloed moeten drinken om te overleven.'

Darius verstrakte, grinnikte toen beverig. 'Dan drink ik zoals jullie,' zei hij. 'Een druppel hier, een druppel daar. Dat kan me niet schelen. Het heeft wel iets gaafs. Misschien drink ik wel van mijn leraren en...'

'Nee,' gromde Vancha. 'Je kunt niet drinken zoals wij. In het begin waren vampanezen net zoals vampiers,

27
~~~

behalve in hun gebruiken. Maar ze zijn veranderd. Door de eeuwen heen is hun fysiek veranderd. Nu moet een vampanees doden als hij drinkt. Ze kunnen niet anders. Ze hebben geen keuze of controle. Ooit was ik halfvampanees, dus ik weet waar ik het over heb.'

Vancha ging rechtop staan en sprak triest maar beslist. 'Over een paar maanden zal de honger in je groeien. Daar zul je je niet tegen kunnen verzetten. Je zult bloed drinken omdat je moet, en als je drinkt zul je, omdat je halfvampanees bent... doden!'

We liepen zwijgend achter elkaar aan, Darius voor-
op, als Oliver Twist aan het hoofd van een rouwstoet.
Door de slachting in het stadion na de voetbalwed-
strijd was er een aantal wegversperringen opgewor-
pen in de stad. Maar in deze buurt waren er niet zoveel, dus we schoten goed op en hoefden maar een
paar omwegen te maken. Ik liep achteraan, een paar
meter achter de anderen, en maakte me zorgen over
de aanstaande ontmoeting. In de bioscoop had ik snel
toegestemd, maar nu, naarmate we dichterbij kwamen, begon ik te twijfelen.
Terwijl ik de woorden probeerde te vinden voor alle
dingen die ik kon en moest zeggen, matigde Evanna
haar snelheid en kwam naast me lopen. 'Misschien
heb je er wat aan, maar de ziel van de slangenjongen
is rechtstreeks naar het paradijs gevlogen,' zei ze.
'Ik had niet anders gedacht,' antwoordde ik stijfjes,
terwijl ik haar hatelijk aankeek.
'Waarom zo'n sombere blik?' vroeg ze met oprechte
verbazing in haar ene groene en andere bruine oog.
'Je wist dat dit zou gebeuren,' gromde ik. 'Je had ons
kunnen waarschuwen en Shancus kunnen redden.'
'Nee,' snauwde ze geïrriteerd. 'Waarom beschuldigen

jullie me steeds weer van hetzelfde? Je weet dat ik de macht heb om in de toekomst te kijken, maar niet de macht om er direct invloed op uit te oefenen. Ik kan niets doen om te veranderen wat er zal komen. En mijn broer ook niet.'

'Waarom niet?' snauwde ik. 'Je zegt altijd dat er verschrikkelijke dingen zullen gebeuren als je het doet, maar wat zijn dat voor verschrikkelijke dingen? Wat kan er nu erger zijn dan een onschuldig kind te laten vermoorden door een monster?'

Evanna zweeg een ogenblik en sprak toen zo zacht dat alleen ik het kon horen. 'Er bestaan ergere monsters dan Steve Leonard en zelfs ergere dan de Heer van het Duister – als jij of Steve dat wordt. Die andere monsters wachten in de tijdloze coulissen van het wereldse schouwtoneel, ze worden nooit door iemand gezien, maar ze zien alles, verlangend, altijd popelend om uit te breken.

'Ik ben door regels gebonden die ouder zijn dan de mensheid. Mijn broer was dat ook en, tot op zekere hoogte, ook mijn vader. Als ik gebruikmaakte van het heden en probeerde de richting van een toekomst die ik kende te veranderen, zou ik de wetten van het universum overtreden. De monsters waarover ik het heb, zouden dan de vrijheid krijgen deze wereld binnen te dringen en die te veranderen in een smeltkroes van eindeloze, bloederige wreedheid.'

'Daar lijkt het nu al op,' zei ik wrang.

'Misschien voor jou,' gaf ze toe. 'Maar voor miljarden anderen niet. Wil je iedereen laten lijden zoals jij hebt gedaan – of nog erger?'

'Natuurlijk niet,' mompelde ik. 'Maar jij hebt me verteld dat ze toch zullen lijden, dat de Heer van het Duister de mensheid zal verwoesten.'

'Hij zal die op haar knieën dwingen,' zei ze. 'Maar hij zal haar niet helemaal verpletteren. Hoop zal blijven bestaan. Op een dag, ver in de toekomst, staat de mens misschien weer op. Als ik tussenbeide kwam en de echte monsters de vrijheid gaf, zou hoop een woord zonder betekenis worden.'

Ik wist niet wat ik moest denken van die andere monsters van Evanna – het was de eerste keer dat ze ooit over dat soort wezens sprak – dus ik bracht het gesprek terug naar het monster dat ik maar al te goed kende. 'Je hebt het mis als je zegt dat ik de Heer van het Duister kan worden,' zei ik in een poging mijn lotsbestemming te veranderen door die te ontkennen. 'Ik ben geen monster.'

'Je zou Darius gedood hebben als Steve je niet had gezegd dat hij je neefje was,' bracht Evanna me in herinnering.

Ik haalde de herinnering terug aan de intense haat die tot leven was gekomen toen ik Shancus zag sterven. Op dat moment was ik Steve geworden. Goed of slecht kon me niet schelen. Ik wilde mijn vijand alleen maar kwetsen door zijn zoon te doden. Ik had toen een schim van mijn toekomst gezien, de duivel die ik zou worden, maar ik wilde niet geloven dat het echt zo was.

'Dat zou uit wraak zijn geweest voor Shancus,' zei ik bitter, terwijl ik de waarheid probeerde te verdoezelen. 'Het zou niet de daad zijn geweest van een los-

31

gebroken duivel. Ik word geen monster door één enkele executie.'

'Nee?' zei Evanna uitdagend. 'Ooit zag je dat anders. Herinner je je nog dat je je eerste vampanees doodde in de spelonken van de Vampiersberg? Je huilde daarna. Je vond doden verkeerd. Je geloofde dat geschillen op andere manieren waren op te lossen dan met geweld.'

'Dat doe ik nog steeds,' zei ik, maar mijn woorden klonken leeg, zelfs voor mij.

'Als dat zo was, zou geen haar op je hoofd erover hebben gedacht het leven van een kind te nemen,' zei Evanna. Ze streelde haar baard. 'Je bent veranderd, Darren. Je bent niet verdorven zoals Steve, maar je draagt de zaden van verdorvenheid in je. Je bedoelingen zijn goed, maar tijd en omstandigheid zullen ervoor zorgen dat je wordt wat je veracht. Deze wereld zal je veranderen en ondanks je nobele bedoelingen zal het monster in je groeien. Vrienden zullen vijanden worden. Waarheden worden leugens. Het geloof wordt één grote lugubere grap.

'De weg van de wraak is altijd geplaveid met gevaar. Door de manieren te volgen van degenen die je haat, loop je het risico in hen te veranderen. Dit is jouw lotsbestemming, Darren Shan. Je kunt die niet vermijden. Tenzij Steve jou doodt en hij de Heer van het Duister wordt.'

'En Vancha dan?' vroeg ik zacht. 'Als hij nu eens Steve doodt? Kan hij die verrekte Heer van het Duister van jou worden?'

'Nee,' zei ze kalm. 'Vancha heeft de macht om Steve

te doden en daarmee een einde te maken aan de Oorlog der Littekens. Maar na de Oorlog der littekens zal jij of Steve de Heer van het Duister worden. Er is geen ander. Dood of monsterlijkheid. Dat zijn je keuzes.'

Ze ging voor me lopen en liet me alleen achter met mijn verwarde, rondtollende gedachten. Bestond er echt geen hoop voor mij of voor de wereld? En zo niet, hoe kon ik nu kiezen tussen de dood door de handen van Steve of zijn plaats in te nemen als Heer van het Duister? Was het beter om te blijven leven en de wereld te terroriseren – of nu te sterven terwijl ik nog voor de helft menselijk was?

Ik kon geen antwoord bedenken. Die leek er ook niet te zijn. Dus ik draafde mismoedig verder en richtte mijn gedachten op een belangrijker onderwerp: wat moest ik zeggen tegen mijn volwassen zus die mij als kind had begraven?

Twintig minuten later deed Darius de achterdeur open en hield die op een kier. Ik bleef staan en staarde naar het huis, vervuld van een angstig voorgevoel. Vancha en Alice stonden achter me en Evanna sloot de rij. Ik keek smekend achterom naar mijn vrienden. 'Moet ik dit echt doen?' vroeg ik schor.

'Ja,' zei Vancha. 'Het is verkeerd zijn leven in gevaar te brengen zonder zijn moeder eerst te waarschuwen. Zij moet beslissen.'

'Goed,' verzuchtte ik. 'Blijven jullie hier wachten tot ik jullie roep?'

'Zeker.'

Ik slikte en stapte vervolgens de drempel over van

het huis waar ik als kleine jongen had gewoond. Na achttien lange jaren van zwerftochten was ik eindelijk thuisgekomen.

Darius ging me voor naar de woonkamer, hoewel ik mijn weg geblinddoekt zou hebben gevonden. In het huis was veel veranderd – overal nieuw behang en vloerbedekking, meubilair en licht – maar de sfeer was dezelfde, warm en hartelijk, vol herinneringen aan het voorbije verleden. Het was alsof ik door een spookhuis liep, behalve dat het huis echt was en ik het spook.

Darius duwde de deur van de woonkamer open. En daar zat Annie, haar haar opgestoken in een knot, in een stoel voor de tv naar het nieuws te kijken, terwijl ze warme chocolademelk dronk. 'Eindelijk besloten om thuis te komen?' zei ze tegen Darius toen ze hem vanuit haar ooghoek opmerkte. Ze zette de beker warme chocola neer. 'Ik maakte me zorgen. Heb je het nieuws gezien. Er...'

Ze zag me na Darius de kamer binnenkomen. 'Is dit een van je vrienden?' vroeg ze. Ik kon haar zien denken. Ik zag er te oud uit om een vriend van hem te zijn. Onmiddellijk wantrouwde ze me.

'Hallo, Annie,' zei ik nerveus glimlachend toen ik in het licht stapte.

'Kennen we elkaar?' vroeg ze fronsend. Ze herkende me niet.

'In zekere zin.' Ik grinnikte kort.

'Mam, hij is...' begon Darius.

'Nee,' onderbrak ik. 'Laat haar er zelf achter komen. Vertel het haar niet.'

'Vertel me wat niet?' zei Annie bits. Ze keek me met half samengeknepen ogen aan.

'Kijk eens goed, Annie,' zei ik zacht terwijl ik door de kamer liep en op minder dan een meter voor haar bleef staan. 'Kijk in mijn ogen. Ze zeggen dat ogen nooit echt veranderen, ook niet als al het andere wel verandert.'

'Je stem,' mompelde ze. 'Er is iets in je...' Ze ging staan – ze was net zo groot als ik – en keek me strak in de ogen. Ik glimlachte.

'Je lijkt op iemand die ik langgeleden heb gekend,' zei Annie. 'Maar ik weet niet meer wie...'

'Je kende me ook langgeleden,' fluisterde ik. 'Achttien jaar geleden.'

'Onzin,' snoof Annie. 'Toen was je een baby.'

'Nee,' zei ik. 'Ik word langzaam ouder. De laatste keer dat je me zag was ik net iets ouder dan Darius.'

'Is dit een grap?' Ze lachte bijna.

'Bekijk hem, mam,' zei Darius gespannen. 'Bekijk hem goed.'

En ze deed het. En deze keer zag ik iets in haar gezicht en besefte dat ze al op het moment dat ze me zag had geweten wie ik was – ze had het alleen nog niet aan zichzelf toegegeven.

'Vertrouw op je intuïtie, Annie,' zei ik. 'Jouw intuïtie was altijd goed. Als ik jouw neus voor problemen had gehad, was ik misschien niet in deze narigheid terechtgekomen. Misschien was ik dan zo verstandig geweest geen giftige spin te stelen...'

Annies ogen werden groot. 'Nee,' zei ze snakkend naar adem.

'Ja,' zei ik.

'Je bent hem niet!'

'Jawel.'

'Maar... Néé!' gromde ze intenser. 'Ik weet niet wie jou hiertoe heeft opgezet, of wat je denkt ermee te bereiken, maar als je niet snel weggaat, zal ik...'

'Ik wed dat je nooit iemand over Madame Octa hebt verteld,' onderbrak ik haar. Ze trilde toen ze de naam van de spin hoorde. 'Ik wed dat je dat geheim al die jaren voor je hebt gehouden. Je moet geraden hebben dat zij iets te maken had met mijn zogenaamde dood. Misschien heb je Steve ernaar gevraagd aangezien hij door haar is gebeten, maar ik wed dat je het nooit hebt verteld aan mam of...'

'Darren!' zei ze hijgend, terwijl tranen van verwarring in haar ogen sprongen.

'Hoi, zus,' zei ik grinnikend. 'Lang niet gezien.'

Ze staarde me ontzet aan en toen gebeurde er iets waarvan ik dacht dat het alleen in goedkope films gebeurde: haar ogen draaiden weg, haar benen werden slap en ze viel flauw!

Annie zat in haar stoel met een nieuwe kop warme chocolademelk in beide handen. Ik zat tegenover haar in een stoel die ik van de andere kant van de kamer had aangesleept. Darius stond bij de tv die hij had uitgezet nadat Annie was flauwgevallen. Ze had weinig gezegd sinds ze was bijgekomen. Ze was in haar stoel neergevallen, verscheurd tussen verschrikking en hoop en had alleen maar gefluisterd: 'Hoe?'

Daarna had ik haar alles verteld. Ik sprak zacht en

snel, begon met meneer Crepsley en Madame Octa en legde haar uit welke afspraak ik had gemaakt om Steves leven te redden. Ik gaf haar een korte samenvatting van de jaren erna: mijn bestaan als vampier, de vampanezen, de Oorlog der Littekens, het jagen op de Heer der Vampanezen. Ik vertelde haar niet dat Steve de Heer was of dat hij met de vampanezen te maken had – ik wilde zien hoe ze reageerde op de rest van het verhaal voor ik haar dat vertelde.

Haar ogen verrieden haar gevoelens niet. Het viel absoluut niet te raden wat ze dacht. Toen ik het gedeelte bereikte waarin Darius voorkwam, gleed haar blik van mij naar haar zoon en ze boog zich iets voorover toen ik beschreef hoe hij was overgehaald de vampanezen te helpen, waarbij ik weer zo voorzichtig was Steve niet bij naam te noemen. Ik eindigde met mijn terugkeer naar de oude bioscoop, de dood van Shancus en de onthulling van de Heer der Vampanezen dat Darius mijn neefje was.

'Toen Darius de waarheid kende, raakte hij vervuld met afschuw,' zei ik. 'Maar ik heb hem gezegd dat hij het zichzelf niet kwalijk moet nemen. Heel veel oudere en wijzere mensen zijn door de Heer der Vampanezen op het verkeerde been gezet.'

Ik zweeg en wachtte op haar reactie. Die liet niet lang op zich wachten.

'Je bent waanzinnig,' zei ze koel. 'Als je werkelijk mijn broer bent, en daar ben ik niet voor honderd procent van overtuigd, dan heeft dat wat je groei heeft vertraagd, ook invloed gehad op je geest. Vampiers? Vampanezen? Mijn zoon werkte samen met een moordenaar?' Ze klonk minachtend. 'Je bent krankzinnig.'

'Maar het is waar!' riep Darius. 'Hij kan het bewijzen. Hij is sterker en sneller dan elk mens. Hij kan...'

'Stil!' Annie brulde met zo'n venijn dat Darius meteen zweeg. Ze keek me woedend aan. 'Mijn huis uit,'
grauwde ze. 'Blijf uit de buurt van mijn zoon. Kom
hier nooit meer terug.'

'Maar...' begon ik.

'Nee!' gilde ze. 'Je bent mijn broer niet! Ook al ben
je het wel, dan nog ben je het niet. We hebben Darren achttien jaar geleden begraven. Hij is dood en zo
wil ik me hem herinneren. Het kan me niet schelen
of je hem wel of niet bent. Ik wil dat je onmiddellijk
uit mijn – ons – leven verdwijnt.' Ze ging staan en
wees naar de deur. 'Nu!'

Ik bewoog me niet. Ik wilde wel. Als Darius er niet
was geweest, zou ik als een geslagen hond weggeslo-
pen zijn. Maar ze moest weten wat haar zoon was geworden. Ik kon niet vertrekken voordat ik haar had
overtuigd van het gevaar dat hij liep.

Terwijl Annie met een woest trillende hand naar de
deur stond te wijzen, haar gezicht verwrongen van
kwaadheid, kwam Darius bij de tv vandaan. 'Mam,'
zei hij rustig. 'Wil je niet weten hoe ik met de vampanezen te maken kreeg en waarom ik ze geholpen
heb?'

'Er bestaan geen vampanezen!' gilde ze. 'Deze maniak heeft je hoofd vergiftigd met leugens en...'

'Steve Leonard is de Heer der Vampanezen,' zei Darius en Annie zweeg ogenblikkelijk. 'Hij kwam een
paar jaar geleden naar me toe,' ging Darius verder,

terwijl hij langzaam op haar af liep. 'Eerst gingen we samen wandelen, hij nam me mee naar de film, uit eten, dat soort dingen. Hij zei me niets tegen jou te vertellen. Hij zei dat je het niet leuk zou vinden, dat je ervoor zou zorgen dat hij niet meer kwam.'

Hij bleef voor haar staan, pakte haar wijzende hand en boog haar arm zacht naar beneden. Ze keek hem woordeloos aan. 'Hij is mijn vader,' zei Darius triest. 'Ik vertrouwde hem omdat ik dacht dat hij van me hield. Daarom geloofde ik hem toen hij me over vampiers vertelde. Hij zei dat hij het me vertelde om me te beschermen, dat hij zich zorgen om me maakte – en om jou. Hij wilde ons beschermen. Zo begon het. Daarna raakte ik verder betrokken. Hij leerde me met een mes omgaan, te schieten, te doden!'

Annie zonk terug in haar stoel, niet in staat antwoord te geven.

'Het was Steve,' zei Darius. 'Steve bracht me in de problemen, doodde de slangenjongen en is de reden waarom Darren terugkwam om je op te zoeken. Darren wilde niet – hij wist dat hij je pijn zou doen – maar Steve liet hem geen keuze. Het is waar, mam, alles wat hij zei. Je moet ons geloven, omdat Steve het was en ik denk dat hij misschien terugkomt – voor jou – en als we niet klaarstaan... en als je ons niet gelooft...'

Hij zweeg, had geen woorden meer, maar hij had voldoende gezegd. Toen Annie me weer aankeek, stond er angst en twijfel in haar ogen, maar geen minachting. 'Steve?' kreunde ze. Ik knikte ongelukkig en haar gezichtsuitdrukking werd hard. 'Wat heb ik je over hem gezegd?' gilde ze tegen Darius, terwijl ze de jongen vastgreep en door elkaar schudde. 'Ik heb je gezegd nooit in zijn buurt te komen! Dat je, als je hem ooit zag, moest vluchten en het me moest vertellen! Ik heb je gezegd dat hij gevaarlijk was!'

'Ik geloofde je niet!' riep Darius. 'Ik dacht dat je hem haatte omdat hij ervandoor was gegaan en dat je loog! Hij was mijn vader!' Hij maakte zich van haar los en zakte snikkend op de grond. 'Hij was mijn vader,' zei hij weer. 'Ik hield van hem.'

Annie staarde naar de huilende Darius, daarna naar mij. Toen begon zij ook te huilen en haar snikken waren zelfs heviger en pijnlijker dan die van haar zoon. Ik huilde niet. Ik spaarde mijn tranen. Ik wist dat het ergste nog moest komen.

Later. Na de tranen. We zaten in de woonkamer. Annie was de grootste klap te boven. We dronken allemaal warme chocolademelk. Ik had de anderen nog niet binnengeroepen – ik wilde wat tijd met Annie alleen hebben voor ik de hele kermis van de Oorlog der Littekens bij haar dumpte.

Annie liet me over mijn leven vertellen. Ze wilde horen over de landen waar ik was geweest, de mensen die ik had ontmoet, de avonturen die ik had beleefd. Ik vertelde haar een paar hoogtepunten en liet de somberste zaken achterwege. Ze luisterde verdoofd en raakte me om de zoveel tijd aan om er zeker van te zijn dat ik echt was. Toen ze hoorde dat ik een Prins was lachte ze opgetogen. 'Betekent dat dat ik een prinses ben?' zei ze lachend.

'Ik ben bang van niet,' grinnikte ik.

Omgekeerd vertelde Annie me hoe het haar was vergaan. Over de moeilijke maanden na mijn dood. De langzame terugkeer naar het normale leven. Ze was jong, dus ze herstelde, maar ma en pa raakten er nooit echt overheen. Ze vroeg zich hardop af of we hun al dan niet moesten vertellen dat ik nog leefde. Maar voordat ik iets kon zeggen, zei ze: 'Nee. Ze zijn nu gelukkig. Het is te laat om het verleden te veranderen. Het is beter het niet meer op te rakelen.'

Ik luisterde aandachtig toen ze over Steve sprak. 'Ik was een tiener,' zei ze kwaad, 'in de war en onzeker. Ik had een paar vriendinnen, maar niet veel. En geen echt vriendje. Toen kwam Steve terug. Hij was niet alleen een paar jaar ouder, maar hij leek en deed volwassen. En hij was in mij geïnteresseerd. Hij wilde met me praten. Hij behandelde me niet als een kind.' Ze brachten veel tijd samen door. Steve speelde zijn spel goed, hij was aardig, genereus en liefdevol. Annie dacht dat hij om haar gaf en dat ze samen een toekomst hadden. Ze werd verliefd op hem en schonk hem haar liefde. Toen kwam ze erachter dat ze in verwachting was.

'Hij begon te stralen toen hij het hoorde,' zei ze, huiverend door de herinnering. Darius zat naast haar, ernstig, stil en hij luisterde gespannen. 'Hij deed me geloven dat hij opgetogen was, dat we zouden trouwen en samen kinderen zouden krijgen. Hij zei me het aan niemand te vertellen, hij wilde het geheim houden tot we man en vrouw waren. Hij ging weer weg. Hij zei dat hij geld moest verdienen voor de bruiloft en voor het kind. Hij bleef lang weg. Hij keerde laat op een avond terug, terwijl ik lag te slapen. Maakte me wakker. Voor ik ook maar iets kon zeggen, sloeg hij een hand over mijn mond en lachte. "Het is nu te laat om er nog iets aan te veranderen," zei hij spottend. Hij zei andere dingen, vreselijke dingen. Daarna vertrok hij. Sinds die tijd heb ik niet meer van hem gehoord.'

Daarna moest ze pa en ma over de baby vertellen. Ze waren woest – niet op haar, maar op Steve. Pa zou Steve hebben vermoord als hij hem was tegengekomen. Maar niemand wist waar Steve was. Hij was verdwenen.

'De opvoeding van Darius was moeilijk.' Glimlachend streek ze door zijn haar. 'Maar ik had er geen dag van willen missen. Steve was slecht, maar hij gaf me het mooiste geschenk dat iemand me ooit had kunnen geven.'

'Sentimenteel mens,' gromde Darius die moeite had een glimlach te onderdrukken.

Het bleef daarna lange tijd stil. Ik vroeg me af of Steve toen al de bedoeling had Darius tegen mij te gebruiken. Dit was lang voor hij de vampanezen ontmoette en van zijn afschuwelijke lot hoorde. Maar ik wed dat hij wel al bezig was mijn ondergang voor te bereiden, op welke wijze ook. Maakte hij Annie opzettelijk zwanger zodat hij zijn zoon of dochter kon gebruiken om mij te kwetsen? Steve kennende zou dit weleens zijn ware bedoeling kunnen zijn geweest.

Annie begon me uitvoerig te vertellen over haar leven met Darius, vanaf het moment dat ma en pa hielpen met de opvoeding tot ze verhuisden en hoe ze het nu samen rooiden. Ze maakte zich er zorgen om dat hij geen vader had, maar haar ervaring met Steve hadden haar een beetje behoedzaam gemaakt voor mannen en ze vond het moeilijk er een te vertrouwen. Ik had de hele nacht naar Annie kunnen luisteren, naar haar verhalen over ma, pa en Darius. Ik werd bijgepraat over al die gemiste jaren en voelde me weer deel van de familie. Ik wilde niet dat het ophield.

Maar we zaten midden in een crisis. Ik had het moment van de waarheid uitgesteld, maar nu moest ik het haar vertellen. Het werd al laat en ik wilde graag de zaak afronden waarvoor ik was gekomen. Ik liet haar haar verhaal afmaken – over Darius' eerste week op school – en vroeg haar daarna of ik haar mocht voorstellen aan een paar vrienden van me.

Annie wist niet goed wat ze aan moest met Vancha, Alice en Evanna. Alice was normaal gekleed, maar Vancha in zijn dierenhuiden, met zijn banden vol werpsterren en zijn groene haar, en de behaarde, lachwekkend lelijke Evanna die in touwen was gehuld... Ze zouden overal opvallen als een ouderwets telraam in een computerwinkel.

Maar het waren mijn vrienden (nou, Vancha en Alice waren dat, de heks viel te bezien), dus Annie verwelkomde ze – hoewel ik wist dat ze het trio niet helemaal vertrouwde. En ik wist dat ze voelde dat ze hier niet alleen maar waren om ons gezelschap te houden. Ze voelde dat er iets slechts stond te gebeuren.

We babbelden een tijdje. Alice vertelde Annie over haar jaren bij de politie. Vancha beschreef een paar van zijn prinselijke taken en Evanna gaf haar tips over het fokken van kikkers (niet dat het Annie ook maar enigszins interesseerde!). Toen geeuwde Darius. Vancha keek me betekenisvol aan – het was tijd.

'Annie,' begon ik aarzelend. 'Ik heb je verteld dat Darius zich bij de vampanezen heeft aangesloten. Maar ik heb je niet verteld wat dat precies inhield.'

'Ga door,' zei Annie toen ik haperde.

'Steve heeft hem bloed gegeven,' zei ik. 'Hij heeft iets van zijn vampanezenbloed aan Darius doorgegeven. Het bloed is nog niet zo sterk, maar het zal sterker worden. De cellen zullen zich vermenigvuldigen en het lichaam overnemen.'

'Je bedoelt dat hij zoals jullie wordt?' Annies gezicht werd op slag asgrauw. 'Dat hij niet op de gewone manier ouder wordt? Dat hij bloed zal moeten drinken om te overleven?'

'Ja.' Haar gezicht fronste. Ze dacht dat dit het ergste was, dat ik alleen dit had achtergehouden. Ik wou dat ik haar de waarheid kon besparen, maar dat kon niet. 'Er is nog iets,' zei ik en ze verstrakte. 'Vampiers kunnen hun voedingsgewoonten onder controle houden. Het is niet gemakkelijk, het vereist training, maar we kunnen het. Vampanezen niet. Hun bloed dwingt hen steeds als ze drinken te doden.'

'Nee!' kreunde Annie. 'Darius is geen moordenaar. Dat doet hij niet.'

'Dat doet hij wel,' gromde Vancha. 'Hij kan niet anders. Als een vampanees eenmaal bloed heeft geproefd, wordt hij door zijn behoefte verteerd. Hij raakt in een soort trance en blijft drinken tot zijn slachtoffer helemaal leeg is. Hij kan niet ophouden.'

'Maar hij moet op de een of andere manier geholpen kunnen worden!' hield Annie vol. 'Artsen... operatie... medicijnen...'

'Nee,' zei Vancha. 'Dit is geen menselijke ziekte. Hij zou door jullie artsen onderzocht kunnen worden en in toom gehouden als hij drinkt, maar wil je dat je zoon zijn verdere leven opgesloten zit?'

'Ook,' zei ik,' zouden ze hem niet meer tegen kunnen houden als hij ouder wordt. Als hij volledig is uitgegroeid, wordt hij ongelooflijk sterk. Ze zullen hem vol slaapmiddelen moeten stoppen om hem in bedwang te houden.'

'Nee,' schreeuwde Annie, haar gezicht vertrokken door een koppige woede. 'Dit laat ik niet gebeuren. Er moet een manier zijn om hem te redden!'

'Die is er,' zei ik, en ze ontspande een beetje. 'Maar die is gevaarlijk. Een mens wordt hij niet meer: hij zal naar een andere uithoek van de nacht worden verbannen.'

'Praat niet in raadsels,' snauwde Annie. 'Wat moet hij doen?'

'Veranderen in een vampier,' zei ik.

Annie staarde me vol ongeloof aan.

'Dat is niet zo slecht als het klinkt,' ging ik snel verder. 'Ja, hij veroudert langzaam, maar daar kunnen jullie mee leren leven. En ja, hij zal bloed moeten drinken, maar dat hoeft geen nadelige gevolgen te hebben. We zullen hem leren zichzelf in bedwang te houden.'

'Nee,' zei Annie. 'Er moet een andere manier zijn.'

'Die is er niet,' snoof Vancha. 'En zelfs op deze manier is het niet zeker. Ook is het niet veilig.'

'Ik zal bloed met hem moeten uitwisselen,' legde ik uit. 'Mijn vampierscellen zullen in zijn bloedbaan komen en ik krijg zijn vampanezencellen in die van mij. De cellen van vampanezen en vampiers vallen elkaar aan. Als het allemaal goed gaat, wordt Darius een halfvampier en ik blijf zoals ik ben.'

'Maar als het mislukt word jij een halfvampanees en blijft Darius onveranderd?' gokte Annie, trillend door de gedachte aan zo'n verschrikkelijk lot.

'Nee,' zei ik. 'Het is erger. Als het mislukt, ga ik dood... en Darius ook.' Ik leunde verdoofd naar achteren en wachtte haar beslissing af.

Het beviel Annie niet – ons ook niet – maar uiteindelijk overtuigden wij haar ervan dat er geen andere oplossing was. Ze wilde wachten, erover nadenken en er met haar huisarts over praten, maar ik zei haar dat het nu of nooit was. 'Vancha en ik moeten een missie volbrengen,' bracht ik haar in herinnering. 'Misschien lukt het ons niet om later terug te komen.'

Toen we de transfusie voor het eerst bespraken, bood Vancha zich als vrijwilliger aan. Het leek hem niet veilig voor mij, omdat ik midden in de reiniging zat: mijn vampierscellen namen bezit van mijn lichaam, waardoor ik een volledige vampier werd, en mijn lichaam was aan het veranderen. Maar toen ik erop aandrong, gaf hij toe dat er geen echte reden was waarom de reiniging van enige invloed zou zijn op de transfusie. Misschien was het zelfs wel een voordeel – aangezien mijn vampierscellen hyperactief waren, hadden ze misschien meer kans de vampanezencellen te vernietigen.

We hadden geprobeerd Evanna te ondervragen over de gevaren. Zij kon in de toekomst kijken en ons vertellen of de bloedtransfusie wel of geen succes zou hebben. Maar ze weigerde mee te werken. 'Het gaat mij niets aan,' had ze gezegd. 'Ik zeg er niets over.'

'Maar het moet veilig zijn,' had ik aangedrongen in de hoop gerustgesteld te worden. 'We zijn voorbestemd Steve weer te ontmoeten. Dat kan niet gebeuren als ik dood ga.'

'Jouw laatste treffen met Steve Leonard staat geenszins in steen gebeiteld,' had ze geantwoord. 'Als je voor die tijd sterft, wordt hij de Heer van het Duister omdat jij niet meer verschijnt, en dan wordt de oorlog beslist ten gunste van de vampanezen. Denk niet dat je door je lotsbestemming immuun bent voor gevaar, Darren. Je kunt sterven als je dit doet en misschien gebeurt dat ook.'

Maar Darius was mijn neef. Vancha was ertegen – hij had Darius voorlopig liever links laten liggen en zich willen richten op Steve – maar ik kon de jongen niet zo achterlaten met die dreiging boven zijn hoofd. Als ik hem kon redden, moest ik het doen.

We hadden de bloedtransfusie met infusen kunnen afhandelen, maar Darius stond erop dat het op de traditionele manier met onze vingertoppen zou gebeuren. Hij was opgetogen, ondanks de gevaren. 'Als ik vampier word, wil ik een echte vampier zijn,' gromde hij. 'Ik wil mijn merktekens niet verbergen. Het is alles of niets.'

'Maar het wordt pijnlijk,' waarschuwde ik hem.

'Dat kan me niet schelen,' snoof hij.

Annie bleef twijfelen, maar uiteindelijk stemde ze in met het plan. Dat zou ze misschien niet hebben gedaan als Darius had geaarzeld, maar haar zoon hield voet bij stuk. Ik wilde het niet toegeven – en zei het niet hardop – dat hij de vastberadenheid had van zijn vader. Steve was krankzinnig kwaadaardig, maar hij deed altijd wat hij zich voorgenomen had en niets kon hem van gedachten doen veranderen als hij eenmaal een besluit had genomen. Darius was net zo.

'Ongelooflijk wat er allemaal gebeurt,' zei Annie met een zucht toen ik tegenover Darius ging zitten en aanstalten maakte om mijn nagels in zijn vingertoppen te drukken. 'Vanavond dacht ik alleen maar aan de boodschappen van morgen en wilde ik hier zijn om Darius op te vangen als hij thuiskwam uit school. Dan verschijnt mijn broer weer in mijn leven en vertelt me dat hij een vampier is! En net nu ik er een beetje aan begin te wennen, raak ik hem misschien net zo snel weer kwijt als ik hem gevonden heb – en mijn zoon ook!'

Bijna trok ze haar toestemming weer in, maar Alice kwam achter haar staan en zei zacht: 'Raak je hem liever kwijt als mens of als moordenaar, zoals zijn vader?' Het was wreed wat ze zei, maar Annie kalmeerde en ze wist weer wat er op het spel stond. Hevig trillend en zacht huilend trok ze zich terug en liet me verder gaan.

Zonder waarschuwing stak ik mijn nagels in het zachte vlees van Darius' vingertoppen. Hij gilde het uit van de pijn en schoot naar achteren op zijn stoel. 'Niet doen,' zei ik toen hij zijn vingers in zijn mond wilde steken. 'Laat bloeden.'

Darius liet zijn handen zakken. Ik klemde mijn tanden op elkaar en stak de nagels van mijn rechterhand in de vingertoppen van mijn linker, deed vervolgens hetzelfde andersom. Het bloed welde op uit tien vlezige wonden. Ik drukte mijn vingers tegen die van Darius en hield ze daar terwijl mijn bloed zijn lichaam binnenvloeide en dat van hem in mij.

We bleven twintig seconden zo zitten... dertig... nog langer. Ik voelde de vampanezencellen mijn aderen binnenstromen, jeukend, brandend, knetterend. Ik negeerde de pijn. Ik zag dat Darius de verandering ook voelde en dat het hem meer pijn deed dan mij. Ik drukte harder, zodat hij zich onmogelijk meer kon losmaken.

Vancha hield toezicht, observeerde ons en telde. Toen hij meende dat de tijd aangebroken was, greep hij mijn armen en trok mijn handen weg. Ik zuchtte luid, ging staan, glimlachte en viel op de grond waar ik trekkend van de pijn bleef liggen. Ik had niet gedacht dat de cellen zo snel zouden toeslaan en was niet voorbereid op de toeval.

Ik kronkelde van de pijn en ik zag Darius hevig schokken in zijn stoel, zijn ogen puilden uit, hij uitte verstikkende geluiden en zijn armen en benen haalden woest uit.

Annie snelde op hem af maar Vancha duwde haar weg. 'Laat hem met rust!' snauwde hij. 'De natuur moet zijn beloop hebben. We kunnen niet ingrijpen.'

Een aantal minuten lag ik woest kronkelend op de vloer. Ik had het gevoel alsof ik in brand stond. Tijdens de reiniging had ik last gehad van gierende hoofdpijn en een heleboel ongemakken, maar hiermee bereikte ik nieuwe hoogtepunten van pijn. Achter mijn ogen nam de druk toe alsof mijn hersenen door mijn oogkassen naar buiten puilden. Ik drukte mijn handen stevig tegen mijn ogen, drukte ze daarna tegen mijn slapen. Ik weet niet of ik aan het brullen of piepen was – ik hoorde niets meer.

Ik gaf over, daarna kokhalsde ik alleen nog maar. Ik knalde hard tegen iets aan: de tv. Ik rolde ervandaan en dreunde tegen een muur. Ik begroef mijn nagels in het pleisterwerk en de stenen in een poging de pijn te verdrijven.

Ten slotte nam de druk af. Mijn armen en benen ontspanden. Ik bleef kokhalzend liggen. Ik kon weer zien en horen, hoewel mijn enorme hoofdpijn bleef. Ik keek verdoofd om me heen.

Vancha zat gehurkt naast me en veegde glimlachend mijn gezicht schoon. 'Je hebt het gehaald,' zei hij. 'Het komt wel goed – met het geluk van de vampiers.'

'Darius?' vroeg ik snakkend naar adem.

Vancha tilde mijn hoofd op en wees. Darius lag met gesloten ogen onbeweeglijk op de bank. Annie en Alice zaten geknield naast hem. Evanna zat met gebogen hoofd in een hoek. Een verschrikkelijk moment dacht ik dat Darius dood was. Toen zag ik zijn borst zacht op en neer gaan en ik wist dat hij alleen maar sliep.

'Hij haalt het,' zei Vancha. 'We zullen jullie allebei een paar nachten goed in de gaten houden. Je zult nog wel een enkele aanvallen krijgen, maar niet zo hevig als deze. De meesten die dit proberen blijven in de eerste aanval. Als je die overleeft, zijn de kansen voor jullie allebei goed.'

Ik ging vermoeid rechtop zitten. Vancha pakte mijn

vingers, spoog erop en wreef het speeksel in zodat de wonden dichtgingen.

'Ik voel me afschuwelijk,' kreunde ik.

'De eerste tijd zul je je niet veel beter voelen,' zei Vancha. 'Toen ik van vampanees in vampier veranderde kostte het mijn lichaam een maand om zich aan te passen en bijna een jaar voordat het allemaal echt over was. En jij hebt ook nog eens met de reiniging te maken.' Hij grinnikte droog en hielp me terug in mijn stoel. 'Je hebt nog een paar zware nachten voor de boeg, Heer.'

Alice vroeg me of ik water of melk wilde drinken. Vancha zei dat bloed voor mij beter zou zijn. Zonder ook maar met haar ogen te knipperen, sneed Alice zich met een mes en liet me direct van de wond drinken. Toen ik klaar was, sloot Vancha de snee af met zijn speeksel. Hij keek Alice stralend aan. 'Je bent me er een, miss Burgess.'

'Wel meer dan dat,' antwoordde Alice droog.

Ik leunde met half gesloten ogen naar achteren. 'Ik zou wel een hele week kunnen slapen,' zei ik met een zucht.

'Waarom doe je dat niet?' zei Vancha. 'Je bent net hersteld van een levensbedreigende verwonding. Je zit midden in de reiniging. Je hebt voor vampiers een heel gevaarlijke bloedtransfusie gehad. Bij het zwarte bloed van Harnon Oan, je verdient je rust.'

'Maar Steve...,' mompelde ik.

'Leonard kan wachten,' gromde Vancha. 'We sturen Annie en Darius de stad uit, Alice gaat met hen mee, daarna brengen we je naar het circus. Een week in je hangmat zal je vreselijk veel goed doen.'

'Misschien,' zei ik ongelukkig. Ik dacht aan Evra en Merla en wat ik tegen hen moest zeggen. Dan had je ook nog meneer Tall – iedereen van het Cirque du Freak had van hem gehouden. Net als Shancus was hij dood doordat hij met mij te maken had gehad. Zouden de mensen daar me erom haten?

'Wie denk je dat de leiding van meneer Tall gaat overnemen?' vroeg ik.

'Ik heb geen idee,' zei Vancha. 'Ik denk niet dat iemand ooit heeft gedacht dat hij dood zou gaan, zeker niet zo onverwacht.'

'Misschien gaan ze wel uit elkaar,' mijmerde ik. 'Iedereen zijn eigen weg, terug naar wat ze deden voordat ze zich bij het circus aansloten. Misschien zijn er al een paar weg uit het stadion. Ik hoop...'

'Wat zei je over het stadion?' onderbrak Annie me. Ze was nog steeds bezig met Darius – hij snurkte een beetje – maar ze had gehoord wat we zeiden.

'Het Cirque du Freak kampeert in het oude voetbalstadion,' legde ik uit. 'We gaan daar naartoe als jullie weggaan, maar ik zei tegen Vancha dat...'

'Het nieuws,' onderbrak Annie weer. 'Heb je het nieuws vanavond niet gezien?'

'Nee.'

'Ik zat ernaar te kijken toen jullie binnenkwamen,' zei ze terwijl haar ogen weer zorgelijk stonden. 'Ik wist niet dat jullie daar je basis hadden. Dus ik wist niet dat jullie ermee te maken hadden.'

'Waarmee?' vroeg ik geïrriteerd.

'De politie heeft het stadion omsingeld,' zei Annie.

'Volgens hen zitten de mensen die Tom Jones en de anderen hebben vermoord daar. Ik had het eerder moeten beseffen toen je me over Tommy vertelde, maar...' Ze schudde kwaad haar hoofd en vervolgde toen: 'Ze laten niemand erin of eruit. Toen ik het nieuws zag, waren ze nog niet naar binnen gegaan. Maar ze zeiden dat ze zouden wachten op een team ME'ers. Een van de verslaggevers...' Ze zweeg.

'Ga door,' zei ik schor.

'Hij zei dat hij nog nooit zo veel gewapende politie-mannen had gezien. Hij...' Ze slikte en eindigde fluis-terend. 'Hij zei dat ze van plan waren er meedogen-loos op af te gaan. Volgens hem leek het erop dat ze van plan waren iedereen die binnen was dood te schieten.'

Het belangrijkste was nu ervoor te zorgen dat Annie en Darius veilig wegkwamen. Ik kon me niet richten op het helpen van mijn vrienden in het stadion als ik me zorgen maakte om mijn zus en neefje. Als die eenmaal onder Steves invloedssfeer vandaan waren en ergens veilig waren ondergedoken, kon ik me volledig op de zaak concentreren. Tot die tijd zou ik alleen iedereen voor de voeten lopen.

Annie wilde niet weg. Dit was haar huis en ze wilde het met hand en tand verdedigen. Toen ik haar had overtuigd dat ze moest gaan, na een paar verhalen over de gruweldaden die Steve op zijn geweten had, stond ze erop dat ik met hen meeging. Jarenlang had ze geloofd dat ik dood was. Nu ze wist dat het niet zo was, wilde ze me niet zo snel weer kwijtraken.

'Ik kan niet mee,' zei ik met een zucht. 'Niet zolang mijn vrienden in gevaar zijn. Later, als het voorbij is, kom ik naar je toe.'

'Niet als Steve je vermoordt!' riep Annie. Daar had ik geen antwoord op. 'En Darius dan?' hield ze aan. 'Je zei dat hij een opleiding moest krijgen. Wat moet hij zonder jou?'

'Geef ons het nummer van je mobieltje,' zei ik. 'Ali-

ce zal met haar mensen praten voor we naar het stadion gaan. In het ergste geval zal iemand contact zoeken. Een vampier komt naar jullie toe en zal Darius opleiden of hem naar de Vampiersberg brengen waar Seba of Vanez de zorg voor hem op zich zal nemen.'
'Wie?' vroeg ze.
'Oude vrienden,' zei ik glimlachend. 'Ze kunnen hem alles leren wat hij ooit nodig zal hebben om een vampier te zijn.'
Annie bleef proberen mij op andere gedachten te brengen, vertelde me dat mijn plaats naast haar en Darius was, dat ik voor ik vampier werd haar broer was en dat ik het eerst aan hen moest denken. Maar ze had het bij het verkeerde eind. Toen ik Vampiersprins werd, had ik de mensenwereld achter me gelaten. Ik gaf nog steeds om Annie en ik hield van haar, maar ik was in de eerste plaats trouw aan de clan.
Toen ze besefte dat ze me niet kon overhalen, legde Annie Darius, die nog diep in slaap was, achter in de auto en ging huilend een paar persoonlijke bezittingen bij elkaar zoeken. Ik vertelde haar zo veel mogelijk mee te nemen en niet terug te komen. Als we Steve zouden verslaan, konden zij en Darius terugkeren. Zo niet, dan zou iemand de rest van haar spullen halen. Het huis zou dan verkocht moeten worden en ze moesten zich dan schuilhouden. De vampiersclan zou hen beschermen. (Ik vertelde er niet bij: 'Tot de ondergang van de clan,' maar ik dacht het wel.) Hun leven zou niet perfect zijn, maar het was beter dan in handen van Steve Leopard te vallen.
Annie omhelsde me heel stevig voor ze in de auto

stapte. 'Het is niet eerlijk,' huilde ze. 'Je hebt me zo veel nog niet verteld, er is zo veel dat ik nog wil weten, zo veel dat ik nog wil zeggen.'

'Ik ook,' zei ik, terwijl ik tranen uit mijn ogen knipperde. Het was een vreemd gevoel. Alles gebeurde tien keer zo snel als eigenlijk hoorde. Nog maar een paar uur geleden waren we naar het Cirque du Freak teruggekeerd om met meneer Tall te praten, maar het leek wel of er weken voorbij waren gegaan. Zijn dood, de jacht, de onthoofding van Morgan James, de bioscoop, de afslachting van Shancus door Steve, horen wie Darius was, de ontmoeting met mijn zus... Ik wilde alles stilzetten, even rust nemen en proberen te begrijpen wat er allemaal gebeurde. Maar het leven bepaalt zijn eigen regels en zijn eigen snelheid. Soms kun je het allemaal in de hand houden en vertragen – op andere momenten is dat onmogelijk.

'Kun je echt niet met ons mee?' probeerde Annie nog een laatste keer.

'Nee,' zei ik. 'Ik wil wel... maar nee.'

'Dan wens ik je al het geluk van de wereld, Darren,' jammerde ze. Ze kuste me, wilde nog iets zeggen maar barstte in tranen uit. Ze dook in de auto, keek hoe het met Darius was, startte de motor en scheurde weg, waarna ze in de nacht verdween en mij achterliet voor ons ouderlijk huis – met een gebroken hart.

'Gaat het een beetje met je?' vroeg Alice, die ineens achter me stond.

'Straks wel,' antwoordde ik, terwijl ik tranen uit mijn ogen veegde. 'Ik had graag Darius nog vaarwel willen zeggen.'

'Het is geen vaarwel,' zei Alice. 'Alleen maar *au revoir.*'

'Hopelijk,' verzuchtte ik, hoewel ik het niet echt geloofde. Of ik nu won of verloor, ik had het misselijke voorgevoel dat ik Annie en Darius vanavond voor het laatst had gezien. Ik bleef een ogenblik staan om hen een stil vaarwel te wensen, draaide me om, zette hen uit mijn gedachten en concentreerde me met al mijn emoties en energie op het probleem dat voor ons lag en op de gevaren die mijn vrienden van het Cirque du Freak in hun greep hielden.

In het huis bespraken we onze volgende stap. Alice was ervoor zo snel mogelijk uit de stad weg te gaan en onze vrienden en bondgenoten in de steek te laten. 'Wij kunnen met ons drieën weinig uitrichten tegen al die hordes agenten die om het stadion heen opgesteld staan,' argumenteerde ze. 'Steve Leonard is onze hoogste prioriteit. De anderen zullen voor zichzelf moeten zorgen.'

'Maar het zijn onze vrienden,' mompelde ik. 'We kunnen ze niet zomaar achterlaten.'

'Het moet,' hield ze vol. 'We kunnen nu niets voor hen doen zonder ons eigen leven te riskeren.'

'Maar Evra... Harkat... *Debbie.*'

'Ik weet het,' zei ze, met een trieste maar harde blik in haar ogen. 'Maar zoals ik al zei, we moeten hen achterlaten.'

'Ik ben het er niet mee eens,' zei ik. 'Volgens mij...' Ik zweeg, aarzelde om wat ik dacht onder woorden te brengen.

'Ga door,' moedigde Vancha me aan.

'Ik kan het niet uitleggen,' zei ik langzaam, terwijl mijn ogen richting Evanna schoten, 'maar volgens mij is Steve daar. In het stadion. Hij wacht op ons. Hij heeft de politie al een keer op ons spoor gezet – toen zat Alice erbij – en ik zie hem niet dezelfde streek twee keer uithalen. Twee keer hetzelfde zou saai zijn. Hij snakt naar originaliteit en nieuwe uitdagingen. Volgens mij is die politie eromheen slechts een dekmantel.'

'Hij had een val kunnen zetten in de bioscoop,' mijmerde Vancha, die mijn gedachten volgde. 'Maar de hele opstelling zou niet zo doordacht zijn als waar we hem eerder hebben bevochten – in de Spelonk der Vergelding.'

'Precies,' zei ik. 'Dit is onze grote confrontatie. Hij wil een grootse finale, met iets ongewoons. Hij is net zo'n entertainer als iedereen van het Cirque du Freak. Hij houdt van het theatrale. Hij zou het idee van een stadion enorm aantrekkelijk vinden. Het zou zoiets zijn als de gladiatorengevechten in het Colloseum.'

'We zitten in de problemen als je het mis hebt,' zei Alice ongemakkelijk.

'Dat is dan niet voor het eerst,' snoof Vancha. Hij trok een wenkbrauw op naar Evanna. 'Zou je ons een hint kunnen geven?'

Tot onze verbazing knikte de heks ernstig. 'Darren heeft gelijk. Of je gaat nu naar het stadion om je noodlot onder ogen te zien, of je gaat ervandoor en geeft de zege aan de vampanezen.'

'Ik dacht dat je ons dat soort dingen niet kon zeggen,' zei Vancha geschokt.

'De finale is nu begonnen,' antwoordde Evanna cryptisch. 'Ik kan nu openlijker over bepaalde zaken praten zonder de toekomst te veranderen.'

'Die zou veranderen als we ons omdraaiden en als een haas de heuvels in vluchtten,' gromde Vancha.

'Nee,' zei Evanna glimlachend. 'Dat is niet zo. Zoals ik al zei, zou dat alleen maar betekenen dat de vampanezen dan winnen. Bovendien,' voegde ze eraan toe, en haar glimlach werd breder, 'ben je niet van plan te vluchten, wel?'

'In geen duizend jaar!' zei Vancha, terwijl hij tegen de muur spoog om het te benadrukken. 'Maar we zullen ons er ook niet halsoverkop in storten. Volgens mij moeten we eerst het stadion verkennen. Als het ernaar uitziet dat Steve zich daar bevindt, zoeken we een weg naar binnen en maken die maniak een kopje kleiner. Zo niet, dan gaan we elders zoeken en zullen de mensen van het circus het zelf moeten opknappen. Het heeft geen zin in deze fase ons leven nog te riskeren, nietwaar, Darren?'

Ik dacht aan mijn vrienden, de freaks: Evra, Merla, Hans Handen en de anderen. Ik dacht aan Harkat en Debbie, en aan wat er met hen kon gebeuren. En toen dacht ik aan mijn volk, de vampiers, en wat er met de clan zou gebeuren als we ons leven offerden in een poging onze menselijke bondgenoten te redden.

'Ja,' zei ik ellendig, en hoewel ik wist dat ik het juiste deed, voelde ik me een verrader.

Alice en Vancha controleerden hun wapens, terwijl ik

mezelf bewapende met een paar scherpe keuken-
messen. Alice pleegde een aantal telefoontjes om bescherming voor Annie en Darius te regelen. Daarna,
met Evanna achter ons aan, trokken we eropuit, en
zo verliet ik mijn ouderlijk huis voor de tweede keer
in mijn leven, in de overtuiging dat ik er nooit meer
naar zou terugkeren.

De tocht door de stad verliep zonder incidenten. Alle politiemensen leken naar het stadion te zijn gezonden of uit eigen beweging daar naartoe te zijn gegaan. We kwamen geen wegblokkades of patrouillerende agenten tegen. Eigenlijk kwamen we nauwelijks iemand tegen. Het was spookachtig rustig. De mensen zaten thuis of in pubs naar de belegering op tv te kijken en te wachten tot het geweld zou losbarsten. Het was een stilte die ik kende uit het verleden, de stilte die gewoonlijk aan strijd en dood voorafgaat.

Tientallen auto's en busjes van de politie stonden in een kring om het stadion geparkeerd toen we er aankwamen en gewapende wachtposten stonden bij elke in- of uitgang. Er waren hekken opgesteld om het publiek en de media op afstand te houden. Sterke schijnwerpers waren op de muren van het stadion gericht. Mijn ogen traanden door het felle schijnsel van de lampen, ook op die grote afstand, en ik moest even stilstaan om een reep dikke stof voor mijn ogen te binden.

'Weet je wel zeker dat je eraan toe bent?' vroeg Alice terwijl ze me weifelend bestudeerde.

'Ik doe wat ik doen moet,' gromde ik, hoewel ik niet

zo overtuigd was van mijn woorden als ik wilde doen geloven. Ik was er slecht aan toe, slechter dan sinds mijn tocht in de rivier door de buik van de Vampiersberg na het falen in mijn Initiatieproeven. De reiniging, mijn schouderwond, een totale uitputting en de bloedtransfusie hadden heel veel van mijn energie gevergd. Ik wilde alleen nog slapen, niet geconfronteerd worden met een strijd op leven en dood. Maar in het leven kunnen we gewoonlijk niet de tijd van onze meest beslissende momenten kiezen. We moeten standhouden en ze onder ogen zien als ze daar zijn, ongeacht de staat waarin we verkeren.

Een grote menigte had zich verzameld achter de dranghekken. We begaven ons onder de mensen zonder opgemerkt te worden door de politie en de mensenmenigte – zelfs de vreemd uitgedoste Vancha en Evanna trokken geen aandacht. Terwijl we ons langzaam een weg naar voren baanden, zagen we dikke rookwolken opstijgen uit het stadion en hoorden zo nu en dan schoten.

'Wat gebeurt er?' vroeg Alice de mensen die het dichtst bij de hekken stonden. 'Is de politie al naar binnen?'

'Nog niet,' zei een gezette man met een jagershoedje. 'Maar een kleine voorhoede is een uur geleden naar binnen gegaan. Het moet een nieuwe speciale eenheid zijn. De meesten hadden kaal geschoren hoofden en droegen bruine hemden en zwarte broeken.'

'Ze hadden hun ogen rood geverfd!' riep een jonge jongen uit. 'Volgens mij was het bloed.'

'Doe niet zo belachelijk,' zei zijn moeder lachend. 'Dat was gewoon verf waardoor ze niet verblind worden door het felle schijnsel.'

We trokken ons terug, verontrust door deze nieuwe informatie. Terwijl we wegliepen, hoorde ik de jongen zeggen: 'Mama, een van die vrouwen was gekleed in touw.'

Zijn moeder antwoordde met een scherp: 'Hou eens op met je verzinsels.'

'Het ziet ernaar uit dat je gelijk had,' zei Alice toen we op veilige afstand waren. 'De vampets zijn er, en gewoonlijk gaan die nergens heen zonder hun meesters.'

'Maar waarom heeft de politie hen doorgelaten?' vroeg ik. 'Die kunnen niet voor de vampanezen werken – of wel soms?'

We keken elkaar onzeker aan. Vampiers en vampanezen hadden hun vetes altijd privé gehouden, buiten het zicht van de mensen. Hoewel beide partijen bezig waren met het samenstellen van een uitgelezen leger menselijke helpers, hadden ze in het algemeen de oorlog voor mensen geheim gehouden. Als de vampanezen van die oude gewoonte waren afgeweken en samenwerkten met gewone menselijke strijdkrachten, gaf het een zorgelijke nieuwe wending aan de Oorlog der Littekens.

'Ik kan nog steeds doorgaan voor politieagent,' zei Alice. 'Wacht hier. Ik zal proberen wat meer informatie te krijgen.'

Ze glipte naar voren door de menigte en langs de hekken. Daar werd ze ogenblikkelijk tegengehouden door

een politieagent, maar na een kort onderhoud op fluis-
tertoon werd ze weggeleid om te praten met degene
die de leiding had.

Vancha en ik wachtten angstig op haar terugkeer.
Evanna stond rustig een eindje verderop. Ik analy-
seerde mijn situatie. Ik was verzwakt, gevaarlijk verzwakt, en mijn zintuigen waren op hol geslagen. Mijn
hoofd klopte en mijn ledematen trilden. Ik had Alice
verteld dat ik klaar was voor de strijd, maar in alle
eerlijkheid wist ik niet of ik wel voor mezelf kon op-
komen. Het zou verstandiger zijn geweest als ik me
terugtrok om te herstellen. Maar Steve had deze strijd
geforceerd. Hij had het voor het zeggen. Ik zou zo
goed en zo kwaad als het ging verder moeten worste-
len en de goden van de vampiers smeken om kracht.
Ik dacht weer aan de profetie van Evanna. Als Vancha en ik vannacht tegenover Steve kwamen te staan,
zou een van ons drieën sterven. Als Vancha of ik het
was, zou Steve de Heer van het Duister worden en
zouden de vampanezen over de nacht en over de wereld van de mensen heersen. Maar als Steve stierf,
zou ik zijn plaats de Heer worden, me tegen Vancha
keren en de wereld verwoesten.

Er moest een manier zijn om dat lot te veranderen.
Maar hoe? Proberen vrede te sluiten met Steve? Onmogelijk! Zelfs als het een mogelijkheid was, zou ik
het niet kunnen na wat hij met meneer Crepsley,
Shancus en zo vele anderen had gedaan. Vrede sluiten was geen optie.

Maar hoe kon het dan wel? Ik kon het feit dat de wereld verdoemd was, niet accepteren. Het kon me niet

schelen wat Evanna zei. Er moest een manier bestaan om te voorkomen dat de Heer van het Duister ooit verscheen. Het móést...

Alice keerde tien minuten later terug, haar gezicht stond somber. 'Ze dansen naar de pijpen van de vampanezen,' zei ze kortaf. 'Ik deed alsof ik een politie-inspecteur van buiten de stad was. Ik bood mijn diensten aan. De dienstdoende commandant zei dat ze alles onder controle hadden. Ik vroeg naar de bruinhemden en hij vertelde me dat het een speciale politie-eenheid was. Hij zei het niet met zo veel woorden, maar ik kreeg het gevoel dat hij bevelen van hen aanneemt. Ik weet niet of ze hem hebben omgekocht of bedreigd, maar zij trekken aan de touwtjes, daar bestaat geen twijfel over.'

'Dus je kon hem niet overhalen ons binnen te laten?' vroeg Vancha.

'Dat hoefde niet,' zei Alice. 'Er is al een doorgang. Eén achteringang is niet bewaakt. De toevoerweg is open gelaten. De politie in de buurt zal niemand daar tegenhouden.'

'Heeft hij dat gezegd?' vroeg ik verrast.

'Hij had het bevel gekregen dat iedereen die ernaar vroeg te vertellen,' zei Alice. Ze spoog vol walging op de grond. 'Verrader!'

Vancha keek me met een flauwe glimlach aan. 'Leonard is binnen, hè?'

'Zonder twijfel.' Ik knikte. 'Zoiets zou hij niet willen missen.'

Vancha wees met een duim naar de muren van het stadion. 'Hij heeft het zo voor ons geregeld. We zijn de eregasten. Het zou jammer zijn om hem teleur te stellen.'

'Als we naar binnen gaan, komen we er waarschijnlijk niet meer levend uit,' merkte ik op.

'Pessimist,' zei Vancha afkeurend.

'Dus gaan we door?' vroeg Alice. 'We zetten het door, ook al zijn wij met te weinig mensen en hebben we te weinig wapens?'

'Jawel,' zei Vancha na een ogenblik nadenken. 'Ik ben hier te lang mee bezig om nu ineens verstandig te gaan doen.'

Ik grijnsde tegen mijn mede-Prins. Alice haalde haar schouders op. Evanna's gezicht bleef even onbewogen als altijd. Zonder er nog een woord aan vuil te maken, glipten we naar de achterkant, naar de onbewaakte ingang.

Aan de achterkant van het stadion stonden niet zo veel lampen opgesteld en er waren ook niet zo veel mensen. Er stonden veel agenten, maar ze negeerden ons nadrukkelijk, alsof ze daartoe opdracht hadden gekregen. Net toen we door de opening in de gelederen van de politie wilden lopen, hield Alice ons tegen. 'Ik heb een idee,' zei ze aarzelend. 'Als we allemaal naar binnen gaan, kunnen ze het net om ons heen aantrekken en komen we er niet meer uit. Maar als we tegelijkertijd op twee fronten aanvallen...'

Snel schetste ze haar plan. Vancha en ik vonden het een zinnig idee, dus we hielden in, terwijl zij verscheidene telefoontjes pleegde. Een uur lang bereidden we ons mentaal en fysiek voor. We zagen de rookwolken van de vuren in het stadion dikker worden en de menigte achter de hekken groeide. Veel nieuwkomers waren zwervers en daklozen. Ze mengden zich onder de anderen en drongen langzaam naar voren, waar ze dicht tegen de hekken aan bleven staan wachten, stil en onopgemerkt.

Toen alles volgens plan was geregeld, gaf Alice me een pistool en we zeiden haar vaarwel. Wij legden gedrieën de handen op elkaar en wensten elkaar geluk. Vervolgens richtten Vancha en ik ons vizier op de onbewaakte ingang. Terwijl Evanna ons als een geest volgde, liepen we langs de rijen gewapende politiemensen. Ze wendden hun ogen af of draaiden ons hun rug toe toen we langsliepen. Een paar ogenblikken later ruilden we het licht in voor de duisternis van de stadiontunnels en onze afspraak met het noodlot.

We waren het hol van Leopard binnengegaan.

De tunnel had veel bochten, maar kwam recht onder
de tribune uit op het open terrein van het stadion.
Vancha en ik liepen in absoluut stilzwijgen naast elkaar. Als Steve stond te wachten en de nacht in ons
nadeel werkte, zou een van ons in de komende paar
uur sterven. Er viel weinig te zeggen in zo'n situatie.
Waarschijnlijk zou Vancha vrede sluiten met de goden van de vampiers. Ik maakte me zorgen over wat
er zou gebeuren na het gevecht. Er moest een manier
bestaan om de komst van de Heer van het Duister te
voorkomen.

Onderweg waren geen valstrikken opgesteld en we
kwamen niemand tegen. Toen we de duisternis van
de tunnel achter ons lieten, bleven we een ogenblik
in de ingang staan en namen als verdoofd de chaos
in ons op die de troepen van Steve hadden aangericht.
Evanna liep iets naar links en ook zij bestudeerde de
slachting.

De grote tent van het Cirque du Freak was samen met
de meeste caravans en tenten in brand gestoken – de
oorzaak van de enorme rookwolken die in de lucht
hingen. De artiesten en helpers van het circus waren
samengedreven op ongeveer twintig meter van de tun-

nel vandaan, ver weg van de tribunes. Onder hen bevonden zich Harkat, Evra en Merla. Ik had Harkats grijze gezicht nooit zo woedend gezien. Ze werden omgeven door acht gewapende vampets, en schijnwerpers die uit de grote tent waren gehaald stonden op hen gericht. Vlak bij hen lagen dode lichamen. De meesten waren toneelknechten, maar onder hen was ook iemand die sinds lang ster van de show was – de magere, lenige, muzikale Alexander Ribs zou nooit meer een optreden doen.

Ik rukte de stof van mijn ogen weg, liet die wennen en zocht daarna onder de overlevenden naar Debbie – ze was nergens te bekennen. In paniek nam ik weer de gezichten en vormen van de doden op – maar ik zag haar niet.

Vampanezen en vampets patrouilleerden door het stadion, liepen om de brandende tenten en bussen heen en keken naar de vlammen. Terwijl ik toekeek kwam meneer Tiny uit de grote brandende stapel van de tent gewandeld en hij wreef in zijn handen. Hij droeg een rode hoed en handschoenen – die van meneer Tall. Ik begreep intuïtief dat hij het lichaam van meneer Tall in de tent had achtergelaten en die gebruikte als een provisorische brandstapel voor het lijk. Meneer Tiny zag er niet ontdaan uit, maar doordat hij de hoed had opgezet en de handschoenen had aangetrokken wist ik dan hij op de een of andere manier toch was aangedaan door de dood van zijn zoon.

Tussen de brandende tent en de nog levende leden van het Cirque du Freak stond een nieuw ding – een haastig opgesteld schavot. Er hing een paar stroppen aan de dwarsbalk, maar slechts één ervan was gebruikt – door de arme, dunne nek van de slangenjongen, Shancus Von.

Ik stootte een kreet uit toen ik Shancus zag en wilde op hem af rennen. Vancha greep mijn linkerpols en trok me terug. 'We kunnen hem nu niet helpen,' gromde hij.

'Maar...' begon ik.

'Kijk lager,' zei hij rustig.

Toen ik dat deed zag ik een groep vampanezen onder de dwarsbalk en stroppen staan. Ze waren allemaal gewapend met zwaarden en strijdbijlen. Tussen hen in, staand op iets waardoor hij boven hen uitstak, stond hun kwaadaardig grijnzende meester, de Heer der Vampanezen: Steve Leopard. Hij had ons nog niet gezien.

'Rustig,'zei Vancha toen ik verstrakte. 'Het heeft geen zin je te haasten.' Zijn ogen gleden langzaam van links naar rechts. 'Hoeveel vampanezen en vampets zijn hier? Zitten er nog meer verborgen op de tribune of achter de brandende bussen en tenten? Laten we eerst precies uitvissen waarmee we te maken hebben voordat we naar voren stormen.'

Ik haalde diep adem, dwong mezelf kalm na te denken en nam de stand van zaken op. Ik telde veertien vampanezen – negen om Steve heen – en meer dan dertig vampets. Gannen Harst zag ik niet, maar ik gokte erop dat hij dicht bij Steve in de buurt zou zijn, verscholen tussen de groep circusmensen voor ons en het schavot.

'Voor mij zo'n twaalf vampanezen en drie keer zoveel

vampets, jawel?' zei Vancha.

'Min of meer,' beaamde ik.

Vancha keek me zijdelings aan en knipoogde. 'De kansen zijn in ons voordeel, Heer.'

'Denk je?'

'Zeer zeker,' zei hij met geveinsd enthousiasme, we wisten allebei dat het er niet goed uitzag. We waren enorm in de minderheid tegenover een vijand met superieure wapens. Onze enige troefkaart was dat de vampanezen en vampets ons niet konden doden. Meneer Tiny had verdoemenis voorspeld voor degene die anders dan hun Heer de jagers doodde.

Zonder iets te zeggen begonnen we allebei op hetzelfde moment te lopen. Ik had twee messen bij me, in elke hand een. Vancha had een paar werpsterren gepakt, maar was verder ongewapend – hij geloofde in vechten van dichtbij met de blote vuist. Evanna liep ons met elke stap direct op de hielen.

De vampets om de gevangen genomen troep van het Cirque du Freak zagen ons komen, maar reageerden niet, ze trokken alleen maar dichter naar de mensen toe die ze bewaakten. Ze waarschuwden zelfs de anderen niet dat we eraan kwamen. Toen zag ik waarom ze dat niet deden: Steve en zijn makkers hadden ons al opgemerkt. Steve stond op een kist of zoiets en keek ons met een gelukzalige blik aan, terwijl de vampanezen voor hem verdedigend samendromden en hun wapens gereed hielden.

We moesten langs de circusmensen om Steve te bereiken. Ik bleef staan toen we langs Evra, Merla en Harkat kwamen. De ogen van Evra en Merla stonden vol tranen. Harkats groene oogbollen glansden van woede en hij had zijn masker naar beneden getrokken om zijn scherpe grijze tanden te laten zien (hij kon het ongeveer een halve dag zonder masker volhouden).

Ik staarde medelijdend naar Evra en Merla, daarna naar het lichaam van hun zoon dat aan de galg verderop bungelde. De vampets die mijn vrienden bewaakten hielden me behoedzaam in de gaten maar ondernamen niets tegen me.

'Schiet op,' zei Vancha, terwijl hij me aan mijn elleboog trok.

'Het spijt me,' zei ik schor tegen Evra en Merla, niet in staat verder te lopen zonder iets gezegd te hebben. 'Ik wou... ik heb... als ik had gekund...' Ik zweeg en wist verder niets meer te zeggen.

Evra en Merla zeiden een ogenblik niets. Toen, krijsend, drong Merla door de muur van bewakers heen en wierp zich op mij. 'Ik haat je,' gilde ze, terwijl ze me in mijn gezicht krabde en me woedend bespuwde. 'Het is jouw schuld dat mijn zoon dood is.'

Ik kon niet reageren. Ik voelde me misselijk van schaamte. Merla trok me gillend en huilend naar de grond en sloeg me met haar vuisten. De vampets kwamen dichterbij om haar weg te trekken, maar Steve schreeuwde: 'Nee. Laat hen met rust. Dit is leuk!'

We rolden van de vampets weg en Merla dreef me steeds verder naar achteren. Ik hief zelfs mijn handen niet op om me te verdedigen terwijl ze me voor van alles en nog wat uitschold. Ik wilde alleen maar dat de aarde zich zou openen om me te verzwelgen.

En toen, terwijl Merla haar gezicht naar beneden bracht alsof ze me wilde bijten, fluisterde ze in mijn oor: 'Steve heeft Debbie.' Ik was verbijsterd. Ze begon weer brullend te schelden, fluisterde daarna: 'We hebben niet gevochten. Ze denken dat we niet durven, maar we hebben op jou gewacht. Harkat heeft gezegd dat jij zou komen om ons te leiden.'

Merla sloeg me tegen mijn hoofd, keek me toen recht aan. 'Het was jouw schuld niet,' zei ze met een zweem van een glimlach door haar tranen heen. 'We haten je niet. Steve is het monster hier, jij niet.'

'Maar... als ik... als ik Vancha had gezegd V.W. te doden...'

'Zo moet je niet denken,' grauwde ze. 'Het is jouw schuld niet. Help ons nu de barbaren te doden die wel schuldig zijn. Geef ons een teken als je zover bent en we komen direct in actie. We zullen ons dood vechten, tot de laatste man.'

Ze gilde weer tegen me, greep me bij mijn hals om me te wurgen, viel toen van me af, sloeg smartelijk huilend op de grond. Evra werkte zich naar voren, pakte zijn vrouw vast en duwde haar terug naar de groep. Hij wierp me een keer een terloopse blik toe en ik zag in zijn ogen hetzelfde wat ik in die van Merla had gezien: verdriet om het verlies van hun zoon, haat jegens Steve en zijn bende, maar slechts meedelijden met mij.

Ik bleef me schuldig voelen om wat er was gebeurd met Shancus en de anderen. Maar het medeleven van Evra en Merla gaf me de kracht door te zetten. Als ze me hadden gehaat, zou ik ongetwijfeld niet verder hebben kunnen gaan. Maar nu ze mij hun steun hadden gegeven, voelde ik me niet alleen in staat door te gaan, ik kreeg het gevoel dat ik het móést. Niet zozeer omwille van mezelf, maar omwille van hen.

Ik kwam overeind en deed alsof ik ontdaan was. Toen Vancha me kwam helpen, sprak ik snel en zacht. 'Ze staan achter ons. Ze vallen aan op ons teken.'

Hij zweeg even, ging toen verder alsof ik niets had gezegd en onderzocht mijn gezicht waar Merla me had gekrabd en vroeg hardop of ze me verwond had, of ik me wel goed voelde, of ik even wilde rusten.

'Ik ben in orde,' gromde ik en werkte me langs hem heen, terwijl ik mijn circusvrienden de rug toekeerde alsof ze me beledigd hadden. 'Merla zei dat Steve Debbie heeft,' siste ik tegen Vancha vanuit mijn mondhoek.

'Misschien lukt het ons niet haar te redden,'fluisterde hij terug.

'Dat weet ik,' zei ik onaangedaan. 'Maar proberen we het?'

Een korte pauze. Toen antwoordde hij: 'Jawel.'

Daarna versnelden we onze pas en marcheerden rechtstreeks op het schavot af met daarop het grijnzende, demonische halfvampanese monster, zijn gezicht halfverborgen door de schaduw van het bungelende lijk van Shancus Von.

'Stop!' schreeuwde een van de negen vampanezen voor Steve toen we hem tot op ongeveer vijf meter genaderd waren. We bleven staan. Van zo dichtbij zag ik dat Steve op het lichaam van een van de circusmensen stond – Pasta O'Malley, een man die slaapwandelde en zelfs in zijn slaap las. Ik zag Gannen Harst nu ook, net rechts van Steve, het zwaard in de schede, en hij keek ons gespannen aan.

'Laat je werpsterren vallen,' zei de vampanees tegen Vancha. Toen die niet reageerde, brachten twee vampanezen hun speren omhoog en richtten die op hem. Met een schouderophaal stak Vancha de shurikens terug in de riem en liet zijn handen zakken.

Ik keek even naar het lichaam van Shancus, dat wiegde in een lichte bries. De dwarsbalk kraakte. Voor mij klonk het geluid door de reiniging harder dan normaal, als het krijsen van een everzwijn.

'Haal hem eraf,' snauwde ik tegen Steve.

'Ik denk het niet,' antwoordde Steve luchtig. 'Ik vind hem daar wel leuk hangen. Misschien hang ik zijn ouders er wel naast. En zijn broertje en zusje. Dan blijft de hele familie bij elkaar. Wat zeg je daarvan?'

'Waarom trek je met deze krankzinnige op?' vroeg

Vancha aan Gannen Harst. 'Het kan me niet schelen wat Des Tiny over hem zegt, deze waanzinnige brengt alleen maar schande over de vampanezen. Je had hem jaren geleden al moeten vermoorden.'

'Hij is onze bloedbroeder,' antwoordde Gannen rustig. 'Ik ben het niet eens met zijn manier van doen – dat weet hij – maar we doden niet onze eigen soort.'

'Dat doen jullie wel als iemand jullie wetten overtreedt,' gromde Vancha. 'Leonard liegt en gebruikt geweren. Elke gewone vampanees zou worden geëxecuteerd als hij dat deed.'

'Maar hij is niet gewoon,' zei Gannen. 'Hij is onze Heer. Desmond Tiny heeft gezegd dat we zouden omkomen als we hem niet volgden en gehoorzaamden. Of ik het nu leuk vind of niet, Steve heeft de macht onze wetten te buigen, of die zelfs volledig te negeren. Ik had liever dat hij het niet deed, maar het is niet aan mij om hem terecht te wijzen als hij het wel doet.'

'Je kunt zijn daden niet goedkeuren,' zei Vancha.

'Nee,' gaf Gannen toe. 'Maar hij is door de clan geaccepteerd en ik ben slechts dienaar van mijn volk. De geschiedenis zal over Steve oordelen. Ik ben tevreden in mijn taak hem te dienen en beschermen, zoals degenen die mij aangesteld hebben het gewenst hebben.'

Vancha keek zijn broer woedend aan en probeerde hem met zijn blik alleen al te vellen, maar Gannen beantwoordde zijn blik uitdrukkingsloos.

Toen lachte Steve. 'Familiereünies zijn leuk, hè?' zei hij. 'Ik hoopte dat je Annie en Darius zou meebrengen. Stel je die lol eens voor die we met ons zessen hadden kunnen hebben.'

'Die zijn inmiddels al ver weg,' zei ik. Ik wilde op hem afspringen en zijn keel openrijten met mijn blote handen en tanden, maar zijn beschermers zouden me al neergesabeld hebben voordat ik hem te pakken had. Ik moest geduld hebben en bidden dat zich een kans zou aandienen.

'Hoe is het met mijn zoon?' vroeg Steve. 'Heb je hem gedood?'

'Natuurlijk niet,' zei ik hatelijk. 'Dat hoefde ik niet. Toen hij jou Shancus zag vermoorden, besefte hij dat je een monster was. Ik heb hem ingelicht over je vroegere "zeges". Annie heeft hem ook een paar verhalen van vroeger verteld. Hij zal nooit meer naar je luisteren. Je bent hem kwijt. Hij is niet langer je zoon.'

Ik hoopte Steve te kwetsen met mijn woorden, maar hij lachte alleen maar. 'Nou, goed, ik was toch al niet zo dol op hem. Een humeurig kind. Geen liefhebber van bloed. Hoewel,' hij grinnikte, 'ik denk dat hij dat binnenkort wel zal worden.'

'Daar zou ik niet zo zeker van zijn,' kaatste ik terug.

'Ik heb hem bloed gegeven,' pochte Steve. 'Hij is halfvampanees.'

'Nee,' zei ik glimlachend. 'Hij is halfvampier. Zoals ik.'

Steve staarde me onzeker aan. 'Heb jij hem bloed gegeven?'

'Ja. Hij is nu een van ons. Hij hoeft niet te moorden als hij drinkt. Zoals ik zei is hij niet langer je zoon – in geen enkel opzicht meer.'

Steves gezicht betrok. 'Dat had je niet moeten doen,' gromde hij. 'De jongen was van mij.'

'Hij is nooit van jou geweest, niet in de geest,' zei ik. 'Je hebt hem voornamelijk voorgelogen zodat hij dat geloofde.'

Steve wilde antwoord geven, kneep zijn ogen kwaad samen en schudde nors zijn hoofd. 'Laat zitten,' mompelde hij tegen niemand in het bijzonder. 'Het kind is niet belangrijk. Ik reken later wel met hem af, en met zijn moeder. Laten we ons nu richten op de goede dingen. We kennen allemaal de profetie.' Hij knikte naar meneer Tiny die om de brandende tenten en bussen heen wandelde en ogenschijnlijk geen aandacht aan ons besteedde. 'Darren of Vancha zal me doden, of ik dood een van hen en dat beslist dan het lot van de Oorlog der Littekens.'

'Als Tiny gelijk heeft of de waarheid vertelt, dan wel,' snoof Vancha.

'Geloof je hem niet?' Steve keek fronsend.

'Niet helemaal,' zei Vancha. 'Tiny en zijn dochter...' Hij wierp een woedende blik op Evanna. '... hebben een geheel eigen agenda. Ik accepteer de meeste van hun voorspellingen, maar ik behandel hun voorspellingen niet als absolute waarheden.'

'Waarom ben je dan hier?' zei Steve uitdagend.

'Voor het geval ze wel waar zijn.'

Steve keek verward. 'Waarom zou je ze niet geloven? Desmond Tiny is de stem van het noodlot. Hij kan in de toekomst kijken. Hij weet alles wat er is geweest en zal zijn.'

'Wij bepalen onze eigen toekomst,' zei Vancha. 'Wat

er vannacht ook gebeurt. Ik geloof dat mijn volk dat van jou zal verslaan. Maar ik dood jou in ieder geval,' voegde hij er met een valse grijns aan toe. 'Gewoon voor het geval dat.'

'Je bent een ongelovige dwaas,' zei Steve trillend van woede. Toen richtte hij zijn blik op mij. 'Ik wed dat jij wel in de profetie gelooft.'

'Misschien,' antwoordde ik.

'Natuurlijk wel,' zei Steve glimlachend. 'En je weet toch dat het gaat om jou en mij? Vancha is slechts een bijzaak. Jij en ik zijn de zonen van het lot, de heerser en slaaf, de overwinnaar en verliezer. Laat Vancha aan zijn lot over en kom hier alleen naar boven. Ik zweer je dat het een eerlijk gevecht zal worden. Jij en ik, man tegen man, één winnaar, één verliezer. Een Heer der Vampanezen als heerser over de nacht, of een Vampiersprins.'

'Hoe kan ik je vertrouwen?' vroeg ik. 'Je bent een leugenaar. Je zet een val voor me op.'

'Nee,' blafte Steve. 'Je hebt mijn woord.'

'Alsof dat iets betekent,' zei ik honend, maar ik zag gretigheid in Steves gezicht. Zijn aanbod was oprecht. Ik keek even opzij naar Vancha. 'Wat vind jij ervan?'

'Nee,' zei Vancha. 'Samen uit samen thuis. We pakken hem aan als een team.'

'Maar als hij bereid is eerlijk tegen me te vechten...'

'Die duivel weet niets van eerlijkheid,' zei Vancha. 'Hij is een valsspeler, dat is zijn aard. We doen niets op zijn manier.'

'Goed dan.' Ik keek Steve weer aan. 'Stik maar in dat aanbod van je. Wat nu?'

Ik dacht dat Steve over de vampanezen heen zou springen en me zou aanvallen. Hij knarste met zijn tanden, wrong zijn handen en trilde woest. Gannen Harst zag het ook, maar tot mijn verrassing deed hij een halve stap achteruit in plaats van dichterbij om Steve te kalmeren. Het leek wel of hij wilde dat Steve toesprong, alsof hij genoeg had van deze krankzinnige, duivelse Heer en de zaak hoe dan ook wilde beëindigen.

Maar net toen het leek of het moment van de laatste confrontatie was aangebroken, ontspande Steve zich en keerde zijn grijns terug. 'Ik doe mijn best,' verzuchtte hij. 'Ik probeer het voor iedereen gemakkelijk te maken, maar sommigen zijn vastbesloten niet mee te doen. Goed dan. Ik zal je zeggen wat er nu gaat gebeuren.'

Steve zette zijn vingers aan zijn lippen en floot schel. Vanachter de galg verscheen V.W. De bebaarde ex-ecosoldaat hield een touw tussen zijn drie eenzaam uitziende haken (meneer Tall had voor hij stierf de andere haken afgeknipt). Toen hij een ruk aan het touw gaf, kwam een vastgebonden vrouw achter hem aan schuifelen: Debbie.

Ik had dit verwacht, dus ik raakte niet in paniek. V.W. liep met Debbie een paar passen naar voren en bleef op ruime afstand van Steve staan. De vroegere actievoerder voor vrede en de bescherming van moeder aarde, zag er niet al te gelukkig uit. Hij was nerveus, zijn hoofd schokte, zijn ogen schoten heen en weer en hij kauwde zenuwachtig op zijn onderlip, die bloedde waar hij door het vlees heen had gebeten. V.W. was ooit, toen ik hem leerde kennen, een trotse, ernstige, toegewijde man geweest, die streed tegen milieuverontreiniging. Daarna was hij een krankzinnig monster geworden, dat alleen nog maar op wraak uit was door het verlies van zijn handen. Nu was hij geen van beide meer, slechts een verward, zielig hoopje niks.

Steve zag de verwarring van V.W. niet. Hij had alleen maar oog voor Debbie. 'Is ze niet beeldschoon?' zei hij spottend tegen mij. 'Net een engel. Strijdbaarder dan toen ik haar de laatste keer zag, maar daardoor juist des te lieftalliger.' Hij keek me sluw aan. 'Het zou zonde zijn als ik V.W. moest opdragen haar aan flarden te scheuren.'

'Je kunt haar niet tegen me gebruiken,' zei ik zacht, terwijl ik Steve aanstaarde zonder met mijn ogen te knipperen. 'Ze weet wie je bent en wat er op het spel staat. Ik hou van haar, maar mijn eerste loyaliteit ligt in de eerste plaats bij mijn clan. Ze begrijpt dat.'

'Je bedoelt dat je daar blijft staan en haar laat sterven?' krijste Steve.

'Ja!' schreeuwde Debbie voor ik antwoord kon geven.

'Mensen,' kreunde Steve. 'Jullie zijn vastbesloten me te ergeren. Ik probeer eerlijk te zijn, maar jullie willen dat niet van me aannemen...' Hij sprong van Pasta O'Malley's rug en beende razend en tierend heen en weer achter zijn beschermers. Ik hield hem nauwgezet in de gaten. Als hij een stap te ver deed, zou ik toeslaan. Maar zelfs in zijn woede bleef hij zo voorzichtig dat hij zichzelf niet blootstelde.

Heel plotseling bleef Steve staan. 'Dan moet het maar zo zijn!' grauwde hij. 'V.W., dood haar.'

V.W. reageerde niet. Hij stond ellendig naar de grond te staren.

'V.W.!' schreeuwde Steve. 'Heb je me niet gehoord? Dood haar!'

'Dat wil ik niet,' mompelde V.W. Hij sloeg zijn ogen op en ik zag er pijn en twijfel in staan. 'Je had dat kind niet moeten doden, Steve. Hij heeft ons helemaal niets gedaan. Het was fout. Kinderen zijn de toekomst, man.'

'Ik deed wat ik moest doen,' antwoordde Steve strak. 'Nu doe jij hetzelfde.'

'Maar ze is geen vampier...'

'Ze werkt voor hen!' schreeuwde Steve.

'Dat weet ik,' zei V.W. kreunend. 'Maar waarom moeten we haar doden? Waarom heb je het kind gedood? De bedoeling was Darren te doden. Hij is de vijand, man. Door hem ben ik mijn handen kwijtgeraakt.'

'Verraad me nu niet,' gromde Steve die een stap in de richting van de bebaarde vampanees toe deed. 'Jij hebt ook mensen gedood, zowel schuldige als onschuldige. Doe nou niet ineens zo moralistisch tegen mij. Dat past je niet.'

'Maar... maar... maar...'

'Hou op met je gestotter en dood haar!' gilde Steve. Hij deed weer een stap naar voren en liep zonder het te merken van zijn bewakers weg. Ik maakte me op om op hem af te springen, maar Vancha was me voor. 'Nu!' brulde Vancha. Hij sprong naar voren, greep een shuriken en stuurde die op Steve af. De shuriken zou hem gedood hebben als niet de bewaker aan het einde van de rij op tijd het gevaar had gezien en in de baan van de dodelijke werpster sprong waarmee hij zichzelf opofferde om zijn Heer te redden.

Terwijl de andere bewakers in beweging kwamen om Vancha's weg naar hun Heer te blokkeren, stak ik mijn messen weg, trok het pistool dat ik voor we het stadion binnengingen van Alice had gekregen, richtte op de lucht en haalde de trekker drie keer over: het signaal voor een volledige opstand!

Nog voor de echo's van de knal van mijn derde schot waren weggestorven, kwam het antwoord buiten het stadion toen Alice en haar bende vampirieten het vuur openden op de politieagenten die de wacht hielden. Ze had de daklozen opgeroepen voordat Vancha en ik de tunnel waren binnengegaan en ze langs de drang-hekken buiten het stadion gepositioneerd. Na jaren van overleven op de resten die andere mensen weg-gooiden, was dit hun tijd in opstand te komen. Ze had-den maar weinig training gehad en hadden ook maar weinig wapens, maar ze bezaten de hartstocht, de woede en de begeerte om zichzelf te bewijzen. Dus nu, op mijn teken, sprongen ze over de hekken rond het stadion en vielen aan als een samengebundelde strijdkracht, wierpen zich op de geschrokken politie-mensen, offerden zich waar nodig was op, vochten en stierven voor hun eigen leven en voor het leven van diegenen die hen als vuil zagen.

We waren niet zeker van de bedoelingen van de po-litie. Steve had de agenten misschien opgedragen bui-ten te blijven, ongeacht wat er binnen gebeurde. In dat geval had de aanval van de vampirieten niet veel zin. Maar als de agenten er waren om de vampane-

zen en vampets te steunen, om die te hulp te schieten als ze werden geroepen, konden de vampirieten
hen uiteenjagen en de anderen in het stadion wat
meer ruimte en tijd geven.

De meeste vampanezen die Steve bewaakten kwamen
in actie om de aanval van Vancha af te weren, maar
twee stormden op mij af toen ik het pistool afschoot.
Ze werkten me tegen de grond en sloegen het wapen
uit mijn hand. Ik haalde naar hen uit, maar ze lagen
gewoon boven op me en hielden me neergedrukt. Ik
was daar hulpeloos blijven liggen, terwijl hun colle-
ga's met Vancha afrekenden, als niet...

De artiesten en technici van het Cirque du Freak hadden ook hun positie ingenomen op mijn teken. Tegelijk met de vampirieten die de politie aanvielen, richtten de gevangenen in het stadion zich op de vampets
die hen gevangen hielden. Ze vielen aan met blote
handen en dreven de vampets puur door hun aantal
naar achteren. De vampets hakten woest in op de menigte met hun zwaarden en bijlen. Een aantal mensen viel dood of gewond neer. Maar de groep hield
stand, gillend, stompend, schoppend en bijtend. Ze
was door geen enkele strijdmacht ter wereld te stoppen.

Terwijl het grootste deel van de troep van het Cirque
du Freak de vampets overmeesterde, leidde Harkat
een kleine groep naar het schavot. Hij greep een bijl
van een dode vampet en sloeg met één uitgekiende
uithaal een vampanees tegen de grond die probeerde
hen tegen te houden. Hij bleef doorrennen zonder zijn
pas te vertragen.

Vancha was nog steeds verwikkeld in een strijd met de bewakers van Steve, die hun best deden zijn doorbraak naar hun Heer te verijdelen. Hij haalde er twee neer, maar de anderen hielden ferm stand. Hij had op veel plaatsen sneeën, wonden van messen en speren, maar ze waren niet fataal.

Ik keek om me heen en zag dat Gannen Harst Steve van het gevaar probeerde weg te duwen. Steve praatte op hem in; hij wilde Vancha te grazen nemen.

Achter Steve en Gannen Harst had V.W. het touw van Debbie losgelaten en hij liep hoofdschuddend van haar weg, zijn haken op zijn rug, en wilde geen deel meer uitmaken van de strijd. Debbie rukte aan haar touwen en probeerde zich los te wurmen.

De twee vampanezen die mij tegen de grond gedrukt hielden, zagen Harkat en de anderen op hen af komen. Vloekend lieten ze me los en haalden uit naar hun aanvallers. Ze waren te snel voor het gewone circusvolk – drie stierven er meteen – maar ook Truska maakte deel uit van de groep en zij was niet zo gemakkelijk neer te halen. Ze had haar baard laten groeien toen ze op de aanval stond te wachten, en het onnatuurlijke blonde haar hing nu tot ver over haar voeten. Ze deed een stap naar achteren en verhief haar baard – ze had macht over de haren alsof het slangen waren – richtte vervolgens de draaiende lokken op een van de vampanezen. De baard deelde zich in twee punten die zich om de keel van de geschrokken vampanees wikkelden en aantrokken. Hij haalde uit naar het haar en naar Truska, maar ze had hem te stevig in haar greep. Hij viel op zijn knieën en zijn paarse gezicht werd nog dieper paars terwijl hij naar adem snakte.

Harkat nam de andere vampanees voor zijn rekening en hakte op hem in met zijn bijl. De Kleine Mens miste de snelheid van een vampanees, maar hij was heel sterk en zijn ronde, groene ogen waren gericht op de snelle bewegingen van zijn tegenstander. Hij kon vechten als een gelijke, zoals hij in het verleden vaak had gedaan.

Ik liep om de vampanezen heen die met Vancha worstelden. Ik was van plan achter Steve aan te gaan, maar hij en Gannen Harst stonden nu bij drie vampanezen die het terrein van het stadion hadden verkend. Vijf tegen één zag ik niet zo zitten, dus in plaats daarvan besloot ik Debbie los te snijden.

'Kort nadat Harkat en ik hier aankwamen, hebben ze het stadion omsingeld,' riep ze toen ik de touwen doorsneed die haar armen gevangen hielden. 'Ik probeerde te bellen, maar de telefoon deed het niet. Het kwam door meneer Tiny. Hij blokkeerde het bereik van mijn mobiel. Ik zag zijn horloge gloeien en hij lachte.'

'Het is in orde,' zei ik. 'We zouden toch zijn gekomen. We moesten wel.'

'Is dat Alice buiten?' vroeg Debbie – het geweervuur was nu oorverdovend.

'Ja,' zei ik. 'De vampirieten lijken lol te hebben in hun eerste actie.'

Vancha tuimelde over ons heen, het bloed gutste uit zijn wonden. De vampanezen lieten hem gaan en voegden zich bij de vampets om tegen de circusmensen te vechten. 'Waar is Leonard?' loeide Vancha.

Ik tuurde door het stadion, maar het was onmogelijk om iemand in de massa samengepakte lichamen te herkennen. 'Ik zag hem een minuut geleden nog,' zei ik. 'Hij moet daar ergens zijn.'

'Niet als Gannen met hem is gaan flitten!' brulde Vancha. Hij veegde bloed uit zijn ogen en zocht weer naar Steve en Gannen.

'Ben je erg gewond?' vroeg Debbie hem.

'Schrammen!' gromde Vancha. Daarna schreeuwde hij: 'Daar! Achter die dikke.'

Hij rende weg, brullend als een bezetene. Ik kneep mijn ogen iets samen en zag een flits van Steve. Hij was in de buurt van de enorme Rhamus Tweebuik en deed zijn best hem te ontwijken. Rhamus liet zich letterlijk op zijn tegenstanders vallen en perste alle leven eruit.

Debbie schoot van me vandaan, ontdeed de dode vampanezen van hun wapens en keerde terug met een verzameling messen en twee zwaarden. Een van de zwaarden gaf ze aan mij en zelf hief ze het andere op. Hij was te groot voor haar, maar ze hield hem stevig vast. 'Jij gaat achter Steve aan,' zei ze met vastbesloten gezicht. 'Ik ga de anderen helpen.'

'Wees...,' begon ik, maar ze was al buiten gehoorsafstand, '... voorzichtig,' eindigde ik zacht. Ik schudde mijn hoofd, lachte kort en ging vervolgens achter Steve aan.

Om me heen woedde de strijd. De circusmensen waren in een bloedig gevecht verwikkeld met de vampets en vampanezen. Ze vochten onhandig maar effectief, omdat een blinde woede het gebrek aan militaire training compenseerde. De begaafde freaks waren een enorme steun. Truska richtte een slachting aan met haar baard. Rhamus was een onwrikbare tegenstander. Gertha Tanden beet vingers, neuzen en zwaardpunten af. Hans Handen had zijn benen achter zijn nek gevouwen en schoot op zijn handen heen en weer tussen de vijanden, te laag om gemakkelijk te raken, en hij deed ze struikelen zodat de gelederen verbroken werden.

Vancha was tot stilstand gekomen, opgehouden door de vechtende meute. Hij begon shurikens af te sturen op de vijanden voor hem om de weg vrij te maken. Jekkus Flang kwam naast hem staan en stuurde zijn werpmessen achter Vancha's sterren aan. Een dodelijk doeltreffende combinatie. Onwillekeurig moest ik denken aan wat voor fantastische voorstelling ze hadden kunnen geven als we vannacht voor een publiek hadden gespeeld in plaats van te vechten voor ons leven.

Meneer Tiny baande zich een weg door de kluwen vechtende lichamen. Hij straalde van pret, bewonderde de lichamen van de doden, bestudeerde de stervenden met een beleefde belangstelling, applaudisseerde voor degenen die in wrede duels verwikkeld waren. Evanna liep langzaam op haar vader af, niet geïnteresseerd in het bloedbad. Ze liep op blote voeten, de onderste touwen waren doorweekt van het bloed.

Gannen en Steve trokken steeds verder weg van de massieve Rhamus Tweebuik en gebruikten hem daarbij als schild: het was voor de anderen moeilijk hen te bereiken zolang Rhamus nog in de weg stond. Ik volgde hen als een bloedhond en kwam steeds dichterbij. Ik had bijna de ingang van de tunnel bereikt die we hadden gebruikt om het stadion binnen te komen, toen nieuwe gedaanten erdoorheen kwamen rennen. Een golf van misselijkheid welde op toen ik dacht dat de politie hun metgezellen te hulp waren geschoten, waardoor wij bijna zeker een nederlaag zouden lijden. Maar tot mijn verbazing en vreugde besefte ik dat het Alice Burgess was met enkele tientallen vampirieten. Onder hen Declan en Kleine Kenny, het stel dat me van de straat had gered toen Darius me had neergeschoten.

'Leef je nog?' schreeuwde Alice toen haar manschappen op de vampanezen en vampets af doken, hun gezichten verwrongen van opwinding en strijdlust.

'Hoe ben je binnengekomen?' gilde ik. De bedoeling was geweest dat zij buiten het stadion voor afleiding zou zorgen en de politie zou ophouden – niet om zelf binnen te komen rennen.

'We vielen aan de voorkant aan, zoals afgesproken,' zei ze. 'De politie haastte zich naar dat punt om *en masse* strijd te leveren – ze hebben geen discipline. Na een paar minuten ging het grootste deel van mijn mensen er met de omstanders vandoor, maar ik glipte met een paar vrijwilligers naar de achterkant. De ingang naar de tunnel is nu helemaal onbewaakt. We...'

Een vampet viel haar aan en ze moest snel opzij draaien om met hem af te rekenen. Ik telde snel de koppen. Met de komst van de vampirieten overtroffen we in aantal de vampanezen en vampets. Hoewel de gevechten gruwelijk waren en ongeorganiseerd, waren we aan de winnende hand. Tenzij de politie buiten snel herstelde en naar binnen kwam rennen, zouden we deze strijd winnen! Maar dat zou geen enkele betekenis hebben als Steve ontsnapte, dus ik zette alle gedachten aan de overwinning aan de kant en ging weer achter hem aan.

Ik kwam niet ver. V.W. had zich van het strijdgewoel losgemaakt. Hij liep naar de tunnel, maar ik stond bijna direct midden in zijn pad. Toen hij me zag, bleef hij staan. Ik wist niet wat ik moest doen – vechten of hem laten ontsnappen zodat ik achter Steve aan kon gaan. Terwijl ik een beslissing probeerde te nemen, stapte Cormac Limbs tussen ons in.

'Kom op, haarbal!' bulderde hij tegen V.W. Hij sloeg hem met zijn linkerhand in het gezicht en stak naar hem met een mes in zijn rechter. 'We gaan jou opknappen!'

'Nee,' jammerde V.W. 'Ik wil niet vechten.'

'Om de donder wel, grote, harige baviaan met je uitpuilende ogen!' schreeuwde Cormac terwijl hij V.W. weer sloeg. Ditmaal haalde V.W. met zijn haken uit naar Cormacs hand. Hij sneed twee vingers af, maar die groeiden onmiddellijk weer aan. 'Je zult iets beters moeten bedenken, puistenkop!' riep Cormac honend.

'Dat zal ik doen!' schreeuwde V.W. die zijn kalmte verloor. Hij sprong naar voren, sloeg Cormac tegen de grond, knielde op zijn borst en plantte voor ik iets kon doen zijn haken in Cormacs keel. Hij sneed zijn hoofd er niet helemaal af, maar kwam ongeveer halverwege. Daarna hakte hij grommend de rest door en gooide het hoofd van Cormac opzij als een bal.

'Je had me niet moeten treiteren, man!' kreunde V.W. terwijl hij huiverend overeind kwam. Ik wilde hem aanvallen om Cormacs dood te wreken, maar zag toen dat hij snikte. 'Ik wilde je niet doden!' jankte V.W. 'Ik wilde helemaal niemand doden. Ik wilde mensen helpen. Ik wilde de wereld redden. Ik...'

Hij hield op en zijn ogen werden groot van ongeloof. Toen ik naar beneden keek kwam ik ook verdoofd tot stilstand. Waar Cormacs hoofd had gezeten, groeiden twee nieuwe hoofden die uitschoten op een stel magere halzen. Ze waren iets kleiner dan zijn oude hoofd, maar verder identiek. Toen ze uitgegroeid waren, volgde een korte pauze. Vervolgens schoten Cormacs ogen open en hij spoog bloed uit beide monden. Zijn ogen richtten zich scherp. Met één stel keek hij naar V.W. en met het andere naar mij. Daarna draaiden zijn hoofden om en hij keek naar zichzelf.

'Dus dat gebeurt er als ik mijn hoofd afsnijd!' riep hij tegelijk met beide monden. 'Ik heb me dat altijd afgevraagd!'

'Waanzin!' gilde V.W. 'De wereld is waanzinnig geworden! Waanzinnig!'

Hij draaide zich als een gek om, rende langs Cormac, daarna langs mij, brabbelend als een idioot, kwijlde en viel om. Ik had hem gemakkelijk kunnen doden, maar deed het niet. Ik stapte opzij om de stakker te

laten passeren en keek hem triest na, terwijl hij strom-
pelend door de tunnel uit het gezicht verdween. V.W.
had ze nooit meer allemaal op een rijtje gehad sinds
hij zijn handen was kwijtgeraakt en nu was hij volledig de kluts kwijt. Ik kon mezelf er niet toe brengen
deze zielige karikatuur van een mens te straffen.

En dan, ten slotte... Steve. Hij en Gannen stonden
tussen een kleine groep vampanezen en vampets. Ze
waren door de freaks, de circushelpers en de vampirieten naar het midden van het veld gedreven. Er werden in het hele stadion nog steeds kleine gevechten
geleverd, maar dit was hun laatste grote stelling. Als
deze eenheid viel, waren ze allemaal verdoemd.

Vancha naderde de groep. Ik voegde me bij hem. Er
was geen teken van Jekkus Flang – ik wist niet of hij
door de vijand gedood was of dat hij geen messen
meer had, en dit was niet de tijd om op onderzoek uit
te gaan. Vancha bleef even staan toen hij mij zag.
'Klaar?' vroeg hij.

'Klaar,' zei ik.

'Het kan me niet schelen wie van ons hem doodt,' zei
Vancha, 'maar laat mij als eerste gaan. Als...' Hij
zweeg, zijn gezicht vertrokken van angst. 'Nee!' bulderde hij.

Toen ik de richting van zijn blik volgde, zag ik dat
Steve was gestruikeld. Evra stond gebukt naast hem,
een lang mes in beide handen, vastbesloten om het
leven te nemen van de man die zijn zoon had gedood.
Als hij toestak, zou de Heer der Vampanezen sterven
door de hand van iemand die niet was voorbeschikt
hem te doden. Als de profetie van meneer Tiny juist

was, zou dit rampzalige gevolgen hebben voor de vampiersclan.

Terwijl we toekeken, niet in staat in te grijpen, hield Evra abrupt op. Hij schudde zijn hoofd, knipperde verdwaasd met zijn ogen, stapte toen over Steve heen en liet hem ongedeerd op de grond achter. Steve ging met wazige ogen rechtop zitten en besefte niet wat er was gebeurd. Gannen Harst bukte zich en hielp hem overeind. De twee mannen stonden alleen in het gewoel, volledig genegeerd door iedereen om hen heen. 'Verderop,' fluisterde ik, terwijl ik Vancha's schouder aanraakte. Ver rechts van ons stond meneer Tiny, zijn ogen op Steve en Gannen gericht. Hij hield zijn hartvormige horloge in zijn rechterhand. Het gloeide rood op. Evanna stond naast hem, haar gezicht verlicht in de gloed van het horloge van haar vader.

Ik weet niet of Steve en Gannen meneer Tiny zagen en beseften dat hij hen beschermde. Maar ze waren voldoende bij de tijd om hun kans te grijpen en naar de vrijheid van de tunnel te rennen.

Meneer Tiny keek het stel na dat uit het gevaar wegrende. Daarna keek hij glimlachend naar Vancha en mij. De gloed van zijn horloge nam af en zijn lippen bewogen licht. Hoewel we ver van hem vandaan stonden, hoorden we hem duidelijk, alsof hij naast ons stond. 'Het is tijd, jongens!'

'Harkat!' schreeuwde ik omdat ik hem met ons mee wilde hebben, om het einde mee te maken zoals hij zo vaak tijdens de jacht naast me had gestaan. Maar hij hoorde me niet. Dat deed niemand. Ik zocht in het stadion naar Harkat, Alice, Evra en Debbie. Al mijn vrienden waren in strijd gewikkeld met vampanezen en vampets. Niemand van hen wist wat er gebeurde met Steve en Gannen Harst. Ze maakten hier geen deel van uit. Nu waren het alleen nog Vancha en ik.

'Tot de dood, Heer?' mompelde Vancha.

'Tot de dood,' beaamde ik ellendig. Ik liet mijn ogen over de gezichten van mijn vrienden gaan, misschien wel voor de laatste keer, en zei vaarwel tegen de geschubde Evra Von, de grijze Harkat Mulds, de keiharde Alice Burgess en mijn geliefde Debbie Hemlock, nu mooier dan ooit terwijl ze inhakte op haar vijanden als een Amazonekrijger uit vroeger tijden. Misschien was het wel beter dat ik niet op een goede manier afscheid van hen kon nemen. Er viel zoveel te zeggen, dat ik niet wist waar ik had moeten beginnen.

Daarna sjokten Vancha en ik achter Steve en Gannen Harst aan, zonder ons te haasten, ervan overtuigd dat ze niet zouden flitten, nu niet, niet voordat we voldaan hadden aan de voorwaarden van de profetie van meneer Tiny en Steve of een van ons dood op de grond lag. Achter ons volgden meneer Tiny en Evanna als geesten. Zij alleen zouden getuige zijn van de laatste slag, de dood van een van de jagers of van Steve – en de geboorte van de Heer van het Duister, vernietiger van het heden en het allesoverheersende monster van de toekomst.

We volgden Steve en Gannen langs de heuvel achter het stadion naar beneden. Ze vluchtten naar de rivier, maar ze renden niet op topsnelheid. Of een van hen was gewond, of ze hadden, zoals wij, het feit geaccepteerd dat we het in een gelijke strijd tot het bittere einde moesten uitvechten.

Terwijl we langs de heuvel naar beneden draafden en het stadion, de lichten en de geluiden achter ons lieten, werd mijn hoofdpijn minder. Ik zou er blij om zijn geweest als ik niet, nu ik me weer kon concentreren, had beseft hoe uitgeput ik fysiek was. Al lang leefde ik op reserve-energie en die was nu zo'n beetje uitgeput. Zelfs de minste of geringste beweging was een enorme onderneming. Ik kon alleen nog maar zo lang mogelijk doorgaan en hopen dat ik een adrenaline-stoot zou krijgen als we onze prooi te pakken kregen. Toen we de voet van de heuvel bereikten, struikelde ik en viel bijna. Gelukkig had Vancha me in het oog gehouden. Hij ving me op en zette me overeind. 'Voel je je beroerd?' vroeg hij.

'Afschuwelijk,' zei ik.

'Misschien is het niet de bedoeling dat je nog verder gaat,' zei hij. 'Misschien moet je hier rusten en...'

'Bespaar je de moeite,' onderbrak ik hem. 'Ik ga door, al moet ik kruipen.'

Vancha lachte, tilde mijn hoofd op en bestudeerde mijn gezicht. Zijn ogen stonden ongewoon donker. 'Jij wordt een prima vampier,' zei hij. 'Ik hoop dat ik erbij ben als dat moment is aangebroken.'

'Je wordt toch niet moedeloos, hè?' gromde ik.

'Nee.' Hij glimlachte dunnetjes. 'We winnen. Natuurlijk winnen we. Ik wil alleen...'

Hij zweeg, gaf me een klap op mijn schouder en dwong me verder te lopen. Vermoeid ging ik weer achter Steve en Gannen Harst aan, iedere stap was een inspanning. Ik deed mijn best Vancha's tred bij te houden, zwaaide mijn benen zo gelijkmatig mogelijk op en hield de rest van mijn lichaam slap en ontspannen om energie te sparen.

Steve en Gannen bereikten de rivier, sloegen rechtsaf en draafden langs de oever. Toen ze de boog van een brug bereikten die over de rivier lag, bleven ze staan. Het leek of ze ruzie hadden. Gannen probeerde Steve op te pakken, ik nam aan dat hij wilde flitten, met Steve op zijn rug, zoals ze al een keer eerder aan ons ontkomen waren. Steve wilde er niets van weten. Hij sloeg de handen van zijn beschermer van zich af en gebaarde wild. Toen we dichterbij kwamen, zakten Gannens schouders omlaag en hij knikte vermoeid. Het tweetal keerde zich bij de doorgang onder de brug om, trok de wapens en wachtte ons op.

We vertraagden onze pas en liepen de rest van de weg. Ik hoorde meneer Tiny en Evanna dicht achter ons, maar ik draaide me niet naar hen om.

'Je zou je shurikens kunnen gebruiken,' fluisterde ik tegen Vancha toen we binnen schootsafstand van Steve en Gannen Harst kwamen.

'Dat zou oneervol zijn,' antwoordde Vancha. 'Ze staan ons met open vizier op te wachten in de veronderstelling dat er een eerlijk gevecht zal zijn. We moeten oog in oog staan.'

Hij had gelijk. Genadeloos moorden was niet de manier van de vampiers. Maar half wenste ik dat hij voor één keer zijn principes overboord gooide en zijn werpsterren op hen afvuurde tot ze vielen. Het zou op die manier veel eenvoudiger en zekerder zijn.

We bleven op een paar meter afstand van Steve en Gannen staan. Steves ogen lichtten op door de opwinding en een zweem van angst. Hij wist dat er nu geen zekerheden meer bestonden, geen gelegenheid voor trucs of spelletjes. Het werd een duidelijk, eerlijk gevecht tot de dood erop volgde.

'Gegroet, broer,' zei Gannen Harst, terwijl hij zijn hoofd boog.

'Gegroet,' antwoordde Vancha stijfjes. 'Ik ben blij dat jullie ons eindelijk tegemoet treden als ware wezens van de nacht. Misschien dat je in de dood de eer weer terug zult vinden die je in het leven overboord hebt gegooid.'

'Eer zal eenieder hier toekomen,' zei Gannen, 'zowel de levenden als de doden.'

'Ze zullen er niet veel mee opschieten,' verzuchtte Steve. Hij zette zich schrap. 'Klaar om te sterven, Shan?'

Ik deed een stap naar voren. 'Als het lot dat voor mij

in petto heeft, dan wel,' antwoordde ik. 'Maar ik ben ook klaar om te doden.' Met die woorden hief ik mijn zwaard en bracht de eerste slag toe in het gevecht dat de Oorlog der Littekens zou beslissen.

Steve hield stand, bracht zijn eigen zwaard omhoog – het was korter en gemakkelijker te hanteren dan dat van mij – en weerde mijn slag af. Gannen Harst mikte op mij met zijn lange, rechte zwaard. Vancha mepte de kling weg en trok mij buiten het directe bereik van zijn broer.

Vancha trok niet zo hard, maar in mijn verzwakte staat wankelde ik achteruit en viel slap achterover op de grond, vlak voor de voeten van meneer Tiny en Evanna. Tegen de tijd dat ik weer overeind krabbelde, was Vancha verwikkeld in een strijd met Steve en Gannen. Met zijn blote handpalmen verweerde hij zich tegen hun zwaarden.

'Hij is een woesteling, hè?' merkte meneer Tiny tegen zijn dochter op. 'Een echt beest van nature. Ik mag hem.'

Evanna gaf geen antwoord. Ze ging helemaal op in de strijd en er stond bezorgdheid en onzekerheid in haar ogen. Op dat moment wist ik dat ze de waarheid had gesproken en echt niet wist hoe dit zou eindigen.

Ik wendde me af van de toeschouwers en ving flitsen op van het gevecht dat zich met een bovenmenselijke snelheid afspeelde. Steve raakte Vancha's linkerarm bij de schouder. Vancha gaf hem daarop een schop tegen de borst. Gannens zwaard raakte Vancha aan de linkerkant van zijn lichaam en kerfde een ondiep spoor van zijn borst tot aan zijn middel. Vancha antwoordde door de zwaardhand van zijn broer te grijpen en om te draaien, waarmee hij de botten van zijn pols brak. Gannen kreunde van de pijn, liet het zwaard vallen, dook ernaar en greep het met zijn linkerhand. Toen hij weer overeind kwam raakte Vancha zijn hoofd met zijn rechterknie. Zwaar grommend sloeg Gannen achterover.

Vancha draaide zich met een ruk om om met Steve af te rekenen, maar Steve was al bij hem en hield hem met korte uithalen van zijn zwaard op afstand. Vancha probeerde het zwaard te pakken, met als enige resultaat dat zijn handpalmen werden opengesneden. Ik kwam wankel naast hem staan. Ik was van weinig nut – ik kon nauwelijks mijn zwaard opheffen en mijn benen voelden aan als een dode last – maar in ieder geval kreeg Steve nu met een dubbele bedreiging te maken. Als ik hem kon afleiden, kwam Vancha misschien door zijn verdediging heen en kon hij toeslaan. Toen ik hijgend en zwetend op gelijke hoogte kwam met Vancha, voegde Gannen zich weer in de strijd, verdwaasd maar vastbesloten, en hij haalde woest uit naar Vancha, die achteruit werd gedwongen. Ik stak in op Gannen, maar Steve sloeg mijn zwaard weg, liet daarna de greep met één hand los en gaf me een stomp tussen de ogen. Ik wankelde geschrokken naar achteren en Steve richtte de punt van zijn zwaard op mijn gezicht.

Zou hij het zwaard met beide handen hebben vastgehouden, dan zou hij door me heen hebben gestoken. Maar met één hand kon hij niet zo krachtig richten als hij wilde. Het lukte me het zwaard met mijn lin-

kerarm weg te slaan. Ik kreeg een diepe snee net onder mijn elleboog en ik voelde alle kracht uit de vingers van die hand wegvloeien.

Steve stak weer toe. Ik bracht mijn zwaard omhoog
om me te beschermen. Te laat besefte ik dat het een
schijnbeweging was. Hij wervelde om zijn as en
dreunde tegen me aan met zijn rechterschouder. Hij
raakte me diep in de borst en ik ging verder naar achteren, terwijl ik de greep op mijn zwaard verloor. Er
klonk een gil achter me en ik sloeg tegen Vancha aan.
Hij was verrast en we werden alle twee tegen de grond
gesmakt en onze armen en benen raakten in elkaar
verstrikt.

Het kostte Vancha slechts een tel om zich weer los te
maken, maar die tel was alles wat Gannen Harst nodig had. Hij schoot naar voren, bijna te snel voor mij
om te zien, en stak de punt van zijn zwaard in Vancha's rug... en drukte het helemaal door tot het in de
buik van Vancha weer naar buiten kwam.

Vancha's ogen en mond schoten wijdopen. Gannen
bleef een ogenblik achter hem staan. Toen stapte hij
weg en trok zijn zwaard los. Het bloed gutste van voren en van achteren uit Vancha's lijf en hij zakte in
elkaar, zijn gezicht vertrokken van de pijn, zijn armen
en benen schokkend.

'Moge je goden het me vergeven, broer,' fluisterde
Gannen met een verwilderd gezicht en gejaagde ogen.
'Hoewel ik vrees dat ik het mezelf nooit zal verge-
ven.'

Ik krabbelde weg van de verslagen Prins om mijn
zwaard te pakken. Steve stond dichtbij te lachen. Met

enige inspanning kreeg Gannen zichzelf weer in de hand en ging de zege veilig stellen. Hij haastte zich op me af, ging op mijn zwaard staan zodat ik het niet kon oprapen, stak zijn eigen zwaard in de schede en greep mijn hoofd met zijn goede linkerhand. 'Snel,' blafte hij tegen Steve. 'Dood hem snel.'

'Vanwaar die haast?' mompelde Steve.

'Als Vancha sterft door de wond die ik hem heb toegebracht, hebben we de regels van de profetie van meneer Tiny gebroken!' schreeuwde Gannen.

Steve trok een gezicht. 'Die verrekte profetieën,' gromde hij. 'Misschien laat ik hem sterven en kijk ik wat er gebeurt. Misschien kan Tiny me niets schelen of...' Hij zweeg en sloeg zijn ogen ten hemel. 'O, wat zijn we toch dom! Het antwoord is voor de hand liggend. Ik dood Vancha voor hij door jouw wond sterft. Op die manier voldoen we aan alle eisen van die stomme profetie en ik hou Darren over zodat ik hem later kan martelen.'

'Slimme jongen,' hoorde ik meneer Tiny mompelen.

'Wat je maar wilt,' brulde Gannen. 'Maar als je hem wilt doden, dood hem dan nu, zodat...'

'Nee!' gilde iemand. Voor iemand kon reageren, schoot een gedaante onder de brug vandaan en wierp zich op Gannen, waardoor hij van me af geslagen werd en bijna in de rivier tuimelde. Ik ging rechtop zitten en wierp een geschokte blik op wel mijn meest onwaarschijnlijke redder: V.W.!

'Ik laat je dit niet doen, man!' schreeuwde V.W. terwijl hij Gannen Harst stompte met zijn haken. 'Jij bent slecht!'

Gannen was volledig verrast, maar hij herstelde zich snel, wist zijn zwaard uit de schede te halen en stak in op V.W. V.W. ving het zwaard op met de gouden haken van zijn rechterhand, sloeg het tegen de grond en brak het in tweeën. Met een triomfantelijk gebrul dreunde hij de zilveren haak van zijn linkerhand tegen de zijkant van Gannens hoofd. Er klonk een krak en Gannens ogen werden glazig. Hij zakte naast V.W. bewusteloos in elkaar. V.W. krijste van vreugde, haalde beide armen naar achteren om ze met kracht naar beneden te brengen en hem af te maken.

Maar voor hij kon toeslaan, dook Steve van achteren op hem af en stak een mes onder zijn baard diep in zijn keel. V.W. huiverde, kegelde Steve omver, tolde als een krankzinnige rond en tastte met zijn haken naar de greep van het mes. Hij miste verscheidene keren en viel, kwam neer op zijn knieën, zijn hoofd sloeg achterover.

V.W. bleef een ogenblik geknield zitten en zwaaide ziekmakend heen en weer. Daarna hief hij zijn handen langzaam omhoog. Hij staarde naar de gouden en zilveren haken, zijn gezicht gloeiend van verwondering. 'Mijn handen,' zei hij zacht, en hoewel zijn stem gorgelde van het bloed, klonken zijn woorden duidelijk. 'Ik kan ze zien. Mijn handen. Ze zijn terug. Alles is nu goed. Ik ben weer normaal, man.' Daarna vielen zijn armen naar beneden, zijn glimlach en bleekrode ogen verstarden en zijn ziel ging stil over naar de volgende wereld.

Ik staarde naar de vredige uitdrukking op V.W.'s gezicht, terwijl hij geknield naar zijn dood viel. Hij was voorgoed van zijn pijn verlost. Ik was blij voor hem. Als hij was blijven leven, zou hij de herinnering aan de slechte daden die hij samen met de vampanezen had begaan met zich mee hebben moeten dragen. Misschien was hij zo beter af.

'En nu zijn er nog maar twee, alleen jij en ik.' Steves opgewekte stem onderbrak mijn gedachtegang. Ik keek op en zag hem op een paar meter van V.W. vandaan staan. Hij lachte. Gannen Harst was nog steeds uitgeteld en hoewel Vancha nog leefde, lag hij pijnlijk te piepen en was hij niet in staat zich te verdedigen of aan te vallen.

'Ja,' beaamde ik, terwijl ik ging staan en mijn zwaard opraapte. Mijn linkerhand werkte niet meer en mijn hele lichaam zou misschien nog maar twee minuten krijgen voordat het helemaal stilgezet werd. Maar ik had voldoende kracht voor een laatste gevecht. Hoewel: eerst Vancha. Ik ging bij hem staan en bekeek zijn wond. Er droop bloed uit en zijn gezicht was vertrokken van de pijn. Hij probee   te praten maar kon de woorden niet vormen.

Ik bleef onzeker bij mijn medeprins hangen en wilde hem niet zo achterlaten, maar Evanna kwam naast hem staan, knielde en onderzocht hem. Haar ogen stonden ernstig toen ze opkeek. 'Het is niet fataal,' zei ze zacht. 'Hij haalt het wel.'

'Dank je,' mompelde ik.

'Bespaar je je dank,' zei meneer Tiny. Hij stond direct achter me. 'Ze vertelde het je niet om je op te vrolijken, domme jongen. Het was een waarschuwing. Voorlopig zal Vancha niet sterven, maar hij doet niet meer mee. Je staat er alleen voor. De laatste jager. Tenzij je je omdraait en ervandoor gaat, is het nu aan jou en aan Steve. Als Steve niet sterft, betekent dat binnen een paar minuten het einde voor jou.'

Ik keek over mijn schouder naar de kleine man in het gele pak en de groene laarzen. Zijn gezicht kleurde door een bloeddorstige vrolijkheid. 'Áls de dood komt,' zei ik kortaf, 'zal het heel wat aangenamer gezelschap zijn dan jij.'

Meneer Tiny grinnikte, stapte toen naar mijn linkerkant. Evanna kwam omhoog en ging rechts van me staan. Beiden wachtten ze tot ik in beweging kwam zodat ze zouden kunnen volgen. Ik schonk Vancha een laatste blik – hij grijnsde pijnlijk en knipoogde – keek toen naar Steve.

Achteloos stapte hij van me weg en liep de schaduwen onder de brug in. Ik ging achter hem aan, het zwaard tegen mijn lichaam geklemd, en haalde diep adem om mijn geest helder te krijgen. Ik probeerde me te concentreren op de dodelijke worsteling die voor me lag.

Hoewel het de strijd van Vancha had kunnen worden, had ik ergens al geweten dat het hierop aan zou komen. Steve en ik waren de verschillende kanten van een muntstuk, sinds onze jeugd met elkaar verbonden, eerst door vriendschap, daarna door haat. Het was alleen maar logisch dat de laatste confrontatie tussen ons beiden zou gaan.

Ik stapte de koele duisternis van de doorgang binnen. Het duurde een paar tellen voor mijn ogen aangepast waren. Toen dat zo ver was, zag ik Steve staan wachten, zijn rechteroog trok nerveus. De rivier borrelde zacht naast ons, het enige geluid op het hijgen en het tandenklapperen van ons na.

'Hier in het duister regelen we de zaak voor eens en voor altijd,' zei Steve.

'Elke plek is goed,' antwoordde ik.

Steve bracht zijn linkerpalm omhoog. Vaag zag ik de vorm van het roze kruis dat hij achttien jaar eerder in zijn hand had gekerfd. 'Weet je nog wanneer ik dit heb gedaan?' vroeg hij. 'Die avond toen ik zwoer jou en meneer Crepsley te doden.'

'Je bent halverwege,' merkte ik droog op. 'Je zult wel opgetogen zijn.'

'Niet echt,' zei hij. 'Om eerlijk te zijn mis ik die oude gluiperd. De wereld is anders geworden zonder hem. Ik zal jou zelfs nog meer missen. Jij bent toen ik klein was de drijvende kracht achter alles geweest. Ik weet niet of ik zonder jou nog langer geïnteresseerd zal zijn in het leven. Als het mogelijk was, zou ik je laten gaan. Ik geniet van onze spelletjes – de jacht, de vallen, de gevechten. Ik zou heel gelukkig zijn als dit voort kon duren, steeds maar weer, hier een nieuwe draai, daar een nieuwe schok.'

'Maar het leven zit zo niet in elkaar,' zei ik. 'Aan alles moet een einde komen.'

'Ja,' zei Steve triest. 'Dat is een van die dingen die ik niet kan veranderen.' Zijn melancholieke stemming verdween en hij bekeek me honend. 'Hier eindig jij, Darren Shan. Dit is jouw *grand finale*. Heb je vrede gesloten met je vampiersgoden?'

'Dat doe ik later,' gromde ik en haalde wijd uit met mijn zwaard terwijl ik naar voren stapte zodat hij aan het einde van de zwaai binnen mijn bereik zou zijn. Maar voordat de zwaai goed en wel begonnen was, raakte de punt de muur. Het zwaard stuiterde terug in een vonkenregen en een schok schoot door mijn arm...

'Domme jongen,' zei Steve tevreden brommend in een imitatie van meneer Tiny. Hij stak een mes omhoog. 'Hier is geen ruimte voor zwaarden.'

Steve sprong naar voren en stak toe met het mes. Ik stapte naar achteren en gooide mijn zwaard naar hem, waardoor hij even werd tegengehouden. In die tel pakte ik een van de messen die ik uit Annies keuken had meegenomen. Toen Steve dichterbij kwam, was ik voorbereid. Ik ving zijn stoot op met de greep van mijn mes en draaide het wapen weg.

In de onderdoorgang was geen ruimte om om elkaar heen te draaien, dus we moesten stoten en steken, wegduiken en zigzaggen om elkaars aanvallen te ontwijken. Eigenlijk waren de condities voor mij gunstiger: in het open veld zou ik vaster op mijn benen hebben moeten staan, rond moeten wervelen om Steve bij te houden. Daardoor zou ik uitgeput zijn geraakt. Hier hadden we zo weinig ruimte dat ik stil kon blijven staan en mijn snel afnemende kracht kon richten op mijn meshand.

We vochten zwijgend, snel, scherp en impulsief. Steve haalde mijn onderarm open – ik deed hetzelfde bij die van hem. Hij maakte ondiepe wonden in mijn buik en borst – ik betaalde hem met gelijke munt terug. Hij sneed bijna mijn neus eraf – ik sneed bijna zijn linkeroor los.

Toen kwam Steve van links op me af en maakte handig gebruik van mijn onwerkzame arm. Hij greep de stof van mijn hemd, trok me naar zich toe en stak met zijn andere hand het mes diep in mijn buik. Ik draaide met de kracht van zijn ruk mee en gooide me tegen hem aan. Zijn mes raakte mijn maagwand, een diepe wond, maar de beweging die ik al had dreef me ondanks de pijn naar voren. Ik werkte hem tegen de grond en kwam onhandig op hem neer toen hij het pad raakte. Zijn rechterhand viel naar opzij en zijn vingers gingen open. Zijn mes vloog los, raakte plonzend het water en verdween ogenblikkelijk uit het gezicht.

Steve bracht zijn lege rechterhand omhoog, om me van zich af te duwen. Ik stootte ernaar met mijn mes en trof doel, dwars door zijn onderarm heen. Hij gilde. Ik trok mijn mes los voordat hij het uit mijn hand had kunnen slaan, bracht het op schouderhoogte en richtte het nu op Steves keel. Zijn ogen schoten naar het glanzende mes en zijn adem stokte. Dit was het.

Ik had hem. Hij was uitgevochten en hij wist het. Eén snelle stoot van het mes en...

Een vlammende pijn. Een witte flits in mijn hoofd. Ik dacht dat Gannen was bijgekomen en me tegen mijn achterhoofd sloeg, maar dat was niet zo. Het was een van de naweeën van de bloedtransfusie die ik Darius had gegeven. Vancha had me ervoor gewaarschuwd. Mijn armen trilden. Een gebulder in mijn oren waarin alle andere geluiden verdronken. Ik kokhalsde en viel van Steve af, tuimelde bijna in de rivier. 'Nee!' probeerde ik te gillen. 'Niet nu!' Maar ik kon de woorden niet vormen. Ik was gegrepen door een immense pijn en kon er niets tegen ondernemen. De tijd leek te vervagen. In alle paniek was ik me vaag bewust van het feit dat Steve boven op me kroop. Hij wrikte het mes uit mijn hand. Er was een scherpe, stekende pijn in mijn buik, gevolgd door een tweede. Steve kraaide. 'Nu heb ik jou! Nu zul je sterven.' Iets vaags schoot voor mijn ogen langs, daarna weer terug. Ik wist het witte licht in mijn hoofd te bedwingen en richtte mijn ogen. Het was het mes. Steve had het losgetrokken en zwaaide ermee voor mijn gezicht. Hij pestte me, ervan overtuigd dat hij had gewonnen, en hij wilde wat langer van zijn triomf genieten.

Maar Steve had zich misrekend. De pijn van de steekwonden bracht me terug van de rand van de afgrond. De pijn in mijn ingewanden werkte de pijn in mijn hoofd tegen en de wereld om me heen begon weer langzaam op zijn plaats te vloeien. Steve zat boven op me en lachte. Maar ik was niet bang. Onbewust hielp hij me. Ik kon nu bijna helder denken, was in staat te plannen, in staat om in actie te komen.

Mijn rechterhand gleed steels naar mijn broek terwijl Steve me bleef bespotten. Ik pakte de greep van een tweede mes. Ik ving een glimp op van meneer Tiny die over Steves schouder toekeek. Hij had mijn hand zien bewegen en wist wat er kwam. Hij knikte, hoewel ik niet zeker weet of hij me aanmoedigde of alleen maar zijn hoofd opgewonden op en neer liet bewegen.

Ik bleef stil liggen, verzamelde mijn laatste resten energie, liet me door Steve kwellen met woeste beloften over wat er zou komen. Het bloed gutste vrijelijk uit de wonden in mijn buik. Ik wist niet of ik de volgende ochtend nog zou leven, maar één ding wist ik zeker: Steve zou eerder sterven dan ik.

'... en als ik klaar ben met je tenen en vingers, ga ik verder met je neus en oren!' gilde Steve. 'Maar eerst snij ik je oogleden eraf, zodat je alles kunt zien wat ik doe. Daarna zal ik...'

'Steve,' piepte ik en onderbrak zijn zin. 'Wil je het geheim weten van hoe je een gevecht als dit moet winnen? Minder praten, meer toeslaan.'

Ik stootte toe, gebruikte de spieren van mijn buik om mijn lichaam omhoog te brengen. Steve was er niet op voorbereid. Hij sloeg achterover. Terwijl hij viel, draaide ik mijn benen om en duwde met mijn knieën en voeten, zodat ik hem met mijn volledige lichaamsgewicht helemaal achteruit dwong. Hij raakte grommend het wegdek, de tweede keer binnen een tijd van vijf minuten. Het lukte hem deze keer het

~~~

mes vast te houden, maar hij had er niets meer aan. Ik zou dezelfde vergissing niet twee keer maken.

Niet aarzelen. Niet wachten om mijn punt uit te kiezen. Geen cynische, gedenkwaardige laatste woorden. Ik vertrouwde op de goden van de vampiers en stootte blindelings mijn mes naar voren. Ik bracht het in een woeste boog naar hem toe en door geluk of noodlot dreef het midden in Steves linkerborst, recht door zijn verdorde namaakhart.

Steves ogen en mond schoten geschokt wijdopen. Zijn gezichtsuitdrukking was komisch, maar ik was niet in de stemming om te lachen. Deze wond was fataal, Steve was op sterven na dood. Maar hij kon me nog meesleuren als ik niet voorzichtig was. Dus in plaats van te juichen greep ik zijn linkerhand en hield die stevig naast zijn lichaam zodat hij het mes niet tegen me kon gebruiken.

Steves ogen gleden naar de greep van het mes dat uit zijn borst omhoog stak. 'O,' zei hij toonloos. Toen druppelde bloed uit zijn mondhoeken. Zijn borst ging op en neer en het mes bewoog mee. Ik wilde het mes lostrekken om er een einde aan te maken – hij zou zo nog een paar minuten kunnen doorgaan omdat het mes de bloedstroom uit zijn hart tegenhield – maar aan mijn linkerhand had ik niets en ik durfde mijn rechterhand niet vrij te maken.

Toen klonk applaus. Mijn hoofd bewoog omhoog en Steve keek vanuit zijn ooghoeken. Meneer Tiny stond te klappen, terwijl helderrode tranen van vreugde over zijn wangen rolden. 'Wat een hartstocht!' riep hij uit. 'Wat een heldenmoed! Wat een onbewogen geest! Ik had mijn geld altijd op jou staan, Darren. Het had beide kanten op kunnen gaan, maar als ik een gokker was, zou ik een grote som op jou hebben gezet. Ik heb dat in het begin al gezegd, hè, Evanna?'

'Ja, vader,' antwoordde Evanna rustig. Ze bekeek me treurig. Haar lippen bewogen geluidloos, maar hoewel ze geen woord uitte, kon ik lezen wat ze zei: 'De buit is aan de overwinnaar.'

'Kom, Darren,' zei meneer Tiny. 'Trek het mes los en verzorg je wonden. Ze zijn niet direct levensbedreigend, maar je moet er een arts naar laten kijken. Jouw vrienden in het stadion hebben bijna afgerekend met hun vijanden. Ze zullen gauw komen. Zij kunnen je naar een ziekenhuis brengen.'

Ik schudde mijn hoofd. Ik bedoelde alleen maar dat ik het mes niet los kon trekken, maar meneer Tiny moet hebben gedacht dat ik Steve niet wilde doden. 'Doe niet zo stom,' snauwde hij. 'Steve is de vijand. Hij verdient geen genade. Maak hem af en neem dan je plaats in als rechtmatige heerser van de nacht.'

'Jij bent nu de Heer van het Duister,' zei Evanna. 'In jouw leven is geen ruimte voor genade. Doe wat mijn vader vraagt. Hoe sneller je je noodlot aanvaardt, hoe gemakkelijker het voor je is.'

'En wil je... ook dat ik... nu Vancha dood?' zei ik kwaad hijgend.

'Nog niet,' lachte meneer Tiny. 'Dat komt te zijner tijd.' Zijn lach verdween en zijn gezichtsuitdrukking werd harder. 'Veel zal er te zijner tijd komen. De vampanezen gaan ten onder en ook de mensen. Deze wereld wordt voor jou, Darren, of beter: van ons. Samen zullen we heersen. Jouw hand aan het roer, mijn stem

in je oor. Ik zal je leiden en adviseren. Niet openlijk
– ik heb niet de macht om je rechtstreeks te sturen
– maar in het geheim. Ik doe suggesties, jij schenkt
er aandacht aan en samen zullen we een wereld van
chaos en van krankzinnige schoonheid maken.'

'Waarom denk... je dat ik ook maar iets te maken...
wil hebben met zo'n monster als jij?' snauwde ik.

'Daar zegt hij wat, vader,' mompelde Evanna. 'We weten allebei wat Darren te wachten staat. Hij wordt
heerser met een woeste, niet aflatende macht. Maar
hij haat je. Die haat zal door de eeuwen heen toene-
men, niet afnemen. Waarom denk je dat je samen met
hem kunt heersen?'

'Ik weet meer over de jongen dan jij,' zei meneer Tiny zelfvoldaan. 'Hij zal me accepteren. Dat is zijn
lotsbestemming.' Meneer Tiny spoog en keek Steve
recht in de ogen. Toen keek hij in die van mij, zijn
gezicht op niet meer dan vijf of zes centimeter van
me vandaan. 'Ik ben er altijd voor je geweest. Voor
jullie allebei,' fluisterde hij. 'Toen jij met je vrienden
wedijverde om een kaartje voor het Cirque du Freak,'
zei hij tegen me, 'fluisterde ik in je oor wanneer je
het moest grijpen.'

Mijn mond viel open van verbazing. Ik had die dag
een stem gehoord, maar ik had gedacht dat het een
innerlijke stem was, de stem van mijn intuïtie.

'En toen jij,' zei hij tegen Steve, 'iets vreemds merkte aan Darren na jullie ontmoeting met Larten Crepsley, wie denk je die je die nacht heeft wakker gehouden en jouw hoofd heeft gevuld met twijfel en
achterdocht?'

Meneer Tiny stapte een halve meter achteruit. Zijn glimlach was teruggekeerd en dreigde nu de hele doorgang te vullen. 'Ik beïnvloedde Crepsley en inspireerde hem Darren bloed te geven. Ik zette Gannen Harst ertoe aan Steve voor te stellen de Kist van Vuur te proberen. Jullie hebben allebei enorm veel geluk in je leven gehad. Jullie dachten dat jullie het dankten aan het geluk van de vampiers of het overlevingsinstinct van de vampanezen. Maar het was geen van beide. Jullie hebben de negen levens van een kat – en nog wel een paar meer – aan mij te danken.'

'Ik begrijp het niet,' zei ik verward en verontrust. 'Waarom zou je al die moeite doen? Waarom wilde je onze levens ruïneren?'

'Ruïneren?' blafte hij. 'Met mijn hulp werd jij een Prins en werd Steve een Heer. Met mijn steun hebben jullie tweeën de wezens van de nacht de oorlog in gevoerd, en een van jullie – jij, Darren – staat nu op de grens de machtigste tiran in de geschiedenis van de wereld te worden. Ik heb jullie levens gemaakt, niet geruïneerd.'

'Maar waarom wij?' hield ik aan. 'We waren gewone kinderen. Waarom zijn Steve en ik uitgekozen?'

'Jullie zijn nooit gewoon geweest,' wierp meneer Tiny tegen. 'Vanaf jullie geboorte – nee, vanaf de conceptie waren jullie allebei uniek.' Hij ging staan en keek naar Evanna. Ze staarde hem onzeker aan – dit was voor haar nieuw. 'Lange tijd heb ik me afgevraagd hoe het zou zijn om vader van kinderen te worden,' zei meneer Tiny zacht. 'Toen, aangespoord door een

koppige vampier, besloot ik uiteindelijk het vader-
schap een kans te geven. Ik schiep een nageslacht
van twee in mijn eigen matrijs, wezens vol magie en
een enorme kracht.

Evanna en Hibernius fascineerden me in het begin,
maar langzaam raakte ik uitgekeken op hun beperkingen. Omdat ze in de toekomst kunnen kijken, zijn
ze – net als ik – beperkt in wat ze in het heden kunnen doen. We zijn allemaal ondergeschikt aan wetten
die we niet zelf hebben gemaakt. Ik kan me meer dan
mijn kinderen bemoeien met menselijke zaken, maar
niet zoveel als ik wel zou willen. In veel opzichten
zijn mijn handen gebonden. Ik kan stervelingen beïnvloeden en ik doe dat ook, maar het zijn andere wezens en ze leven kort. Het is moeilijk om grote groe-
pen mensen over een lange tijd te manipuleren, vooral
nu er miljarden zijn!

Ik verlangde naar een sterveling door wie ik mijn wil
kon laten voelen, een wezen dat niet is gebonden aan
de wetten van het universum en evenmin is geketend
door de beperkingen van de mens. Mijn bondgenoot
zou moeten beginnen als mens en daarna een vampier worden of een vampanees. Met mijn hulp zou hij
zijn clan leiden om over alles te heersen. Samen zouden we de loop van de wereld over honderden toekomstige jaren leiden, en via zíjn kinderen zou ik er
duizenden jaren macht over krijgen – misschien zelfs
tot aan het einde der tijden.'

'Je bent krankzinnig,' gromde ik. 'Het kan me niet
schelen dat je me geholpen hebt. Ik werk niet samen
met jou en ik doe niet wat je wilt. Ik ga mezelf niet

inlaten met jouw gestoorde zaak. Ik betwijfel het of Steve het wel gedaan zou hebben, als hij had gewonnen.'

'Maar je sluit je wel bij me aan,' hield meneer Tiny vol, 'net als Steve zou hebben gedaan. Je moet wel. Het zit in je aard. Zoals je je aansluit bij gelijken.' Hij zweeg even en zei toen trots en uitdagend: 'De zoon sluit zich aan bij de vader.'

'Wat?' Evanna explodeerde omdat ze het eerder begreep dan ik.

'Er was een minder machtige erfgenaam voor nodig,' zei meneer Tiny, zijn blik op mij gericht. 'Een die mijn genen zou dragen en mijn wensen zou belichamen, maar die zich vrijelijk als een sterveling zou kunnen bewegen. Om elke zwakheid uit te roeien, schiep ik een tweetal en zette die toen tegen elkaar op. De zwakkere zou ten onder gaan en vergeten worden. De sterkere zou verder gaan om de wereld op te eisen.' Hij strekte zijn armen uit, het gebaar zowel spottend als op een vreemde manier oprecht. 'Geef je vader eens een knuffel, Darren, mijn zoon!'

'Je bent gek,' zei ik schor. 'Ik heb een vader, een echte vader. En jij bent dat niet.'

'Dermot Shan was niet je vader,' antwoordde meneer
Tiny. 'Jij was een koekoeksjong. Steve ook. Ik heb mijn
werk in alle stilte verricht en de moeders hebben er
niets van geweten. Maar geloof me, jullie zijn allebei
van mij.'

'Dit is afschuwelijk!' krijste Evanna, terwijl haar lichaam zo uitzette, dat ze meer op een wolf dan op een
mens leek en bijna de hele tunnel vulde. 'Het is ver-
boden! Hoe durf je!'

'Ik handelde binnen de begrenzingen van de universele wetten!' snauwde meneer Tiny. 'Je zou weten
dat als ik het niet zou hebben gedaan – alles chaos
zou worden. Ik rekte de regels wat op, maar ik heb
ze niet overtreden. Ik mag me voortplanten en mijn
kinderen – als ze mijn magische krachten ontberen
– kunnen handelen zoals andere gewone stervelingen.'

'Maar als Darren en Steve jouw zonen zijn, dan heb
jij een toekomst gecreëerd waarin een van hen de
Heer van het Duister wordt!' brulde Evanna. 'Jij hebt
het mensdom de afgrond in geworpen en je hebt naar

je eigen smerige behoefte de strengen van de toekomst verdraait!'

'Ja.' Meneer Tiny grinnikte en wees toen met een vinger op Evanna. 'Zit me hierin niet dwars, dochter. Ik zal mijn eigen vlees en bloed niets doen, maar ik zou het leven weleens heel onplezierig voor je kunnen maken als je je tegen mij verzet.'

Evanna wierp haar vader een woedende blik vol haat toe, nam daarna heel langzaam haar gewone vorm en afmeting weer aan. 'Dit is onrechtvaardig,' mompelde ze. 'Het universum zal je straffen, misschien niet direct, maar uiteindelijk zul je een prijs betalen voor je arrogantie.'

'Ik betwijfel het,' zei meneer Tiny meesmuilend. 'De mens was op weg naar een ongelooflijk saai dieptepunt. Vrede, voorspoed, wereldwijde communicatie, broederliefde: wat is daar nou lollig aan? Ja, er waren nog genoeg oorlogen en conflicten om van te genieten, maar ik zag de mensen van de hele wereld steeds dichter naar elkaar toe groeien. Ik heb mijn best gedaan, gaf landen een zetje op de weg naar oorlog, zaaide waar ik maar kon zaden van ontevredenheid, heb zelfs meegeholpen enkele tirannen onterecht verkozen te laten worden in een paar van de machtigste posities ter wereld. Ik was ervan overtuigd dat die mooie exemplaren de wereld over de rand zouden duwen.

Maar nee! Hoe gespannen alles ook werd, hoe zeer mijn gunstelingen zich ook met alles bemoeiden, ik zag vrede en begrip langzaam winnen. Het werd tijd voor drastische maatregelen om de wereld terug te brengen naar de goede oude tijd toen iedereen elkaar naar de strot vloog. Ik heb gewoon de natuurlijke orde van de prachtige chaos hersteld. Het universum straft me niet daarvoor. Mocht het ergens om zijn, dan...'

'Hou je kop!' gilde ik waarmee ik zowel Evanna als meneer Tiny verraste. 'Het is allemaal larie, alles! Jij bent mijn vader niet! Je bent een monster!'

'En jij ook,' zei meneer Tiny stralend. 'Of je wordt het snel. Maar maak je geen zorgen, zoon, monsters hebben de grootste lol!'

Ik staarde hem aan en kreeg er genoeg van; mijn zintuigen tolden rond en het lukte me niet alles te bevatten. Als het waar was, was alles in mijn leven onwaar geweest. Ik ben nooit de persoon geweest die ik dacht dat ik was, slechts een pion van meneer Tiny, een tijdbom die wachtte tot hij ontplofte. Ik had alleen maar bloed gekregen om mijn leven te verlengen zodat ik langer het werk voor meneer Tiny kon opknappen. Mijn oorlog met Steve was er alleen maar voor geweest om de zwakkere van ons uit te ziften, zodat de sterkere te voorschijn kon komen als een nog machtiger monster. Ik heb niets gedaan in het belang van vampiers of mijn familie en vrienden – alles was voor meneer Tiny geweest. En nu ik heb bewezen dat ik het waard ben, word ik een dictator en vernietig iedereen die zich tegen me verzet. Mijn wensen tellen helemaal niet mee. Het was mijn noodlot.

'Va-va-va...' stamelde Steve en hij spoog bloed. Hij stak zijn vrije hand naar meneer Tiny uit. 'Vader,' wist hij schor uit te brengen. 'Help... me.'

'Waarom?' snoof meneer Tiny.

'Ik... heb... nooit... een... vader... gehad.' Elk woord was een hartverscheurende inspanning, maar Steve dwong ze een weg naar buiten. 'Ik... wil... je... leren... kennen. Ik... geef... je... mijn... liefde.'

'Wat moet ik in 's hemelsnaam met je liefde?' Meneer Tiny lachte. 'Liefde is de meest wezenlijke menselijke emotie. Ik ben zo blij dat ik er nooit mee behept ben geweest. Onderworpenheid, dankbaarheid, angst, haat en woede – daar houd ik van. Liefde... je kunt je liefde meenemen naar het Dodenmeer als je sterft. Misschien haal je er daar nog wat troost uit.'

'Maar... ik... ben... je... zoon,' riep Steve zwakjes.

'Dat was je,' zei meneer Tiny honend. 'Nu ben je alleen nog maar een verliezer en straks ben je een lijk. Ik geef je karkas aan de Kleine Mensen om op te eten – zo weinig voel ik voor je. Dit is een wereld van winnaars. Tweede plaats is tweederangs. Jij bent voor mij niets. Darren is nu mijn enige zoon.'

De pijn in Steves ogen was afschuwelijk om te zien. Als kind was hij verpletterd geweest toen hij dacht dat ik hem had verraden. Nu werd hij openlijk bespot en afgewezen door zijn vader. Het vernietigde hem. Zijn hart had hiervoor vol haat gezeten, maar nu dat aan zijn laatste slagen bezig was, was er alleen nog maar ruimte voor wanhoop.

Maar in Steves angst vond ik hoop. Verteerd door zelfvoldaanheid had meneer Tiny te snel te veel onthuld. Achter in mijn geest kwam een idee tot leven. In een roes begon ik verscheidene stukjes aan elkaar te passen – de onthulling van meneer Tiny en de reactie van Evanna. Volgens Evanna had meneer Tiny de toekomst geschapen waarin Steve of ik de Heer van het Duister was. Hij had de wetten waar zij beiden naar leefden iets uitgerekt om dingen te verdraaien en een chaotische wereld te scheppen waarover hij en ik konden heersen. Evanna en meneer Tall hadden me verteld dat er aan de Heer van het Duister niet viel te ontkomen, dat die deel uitmaakte van de toekomst van de wereld. Maar ze hadden het mis. Hij maakte deel uit van de toekomst van meneer Tiny. Des Tiny was dan misschien het machtigste individu in het hele universum, hij bleef een individu. Wat een individu kon scheppen kon een ander vernietigen.

Meneer Tiny hield zijn ogen gericht op Steve. Hij lachte hem uit, genoot van Steves sterven. Evanna had haar hoofd gebogen. Ze had zich gewonnen gegeven en dit geaccepteerd. Ik niet. Als ik de duivelse, destructieve karaktertrek van meneer Tiny had geërfd, had ik ook zijn geslepenheid geërfd. Ik zou me door niets laten weerhouden om hem zijn visie van een geruïneerde toekomst af te pakken.

Langzaam, heel langzaam, liet ik Steves linkerhand los en trok mijn arm weg. Hij kon nu vrij uithalen naar mijn buik. Hij lag in de perfecte positie om de klus te klaren die hij was begonnen toen hij me eerder had gestoken. Maar Steve merkte het niet. Hij was overspoeld door treurnis. Ik fingeerde een hoest en plukte aan zijn linkermouw. Als meneer Tiny het had gezien, zou hij mijn plan daar hebben kunnen verijdelen. Maar hij dacht dat hij had gewonnen, dat het allemaal voorbij was. Hij kon zich zelfs de geringste mogelijkheid van gevaar niet voorstellen.

Steves blik gleed naar beneden. Hij besefte dat zijn hand vrij was. Hij zag zijn kans om me te doden. Zijn vingers verstrakten zich op de greep van zijn mes... ontspanden toen. Een verschrikkelijk moment dacht ik dat hij dood was, maar toen zag ik dat hij nog steeds leefde. Hij werd verscheurd door twijfel. Het grootste deel van zijn leven had hij mij gehaat, maar nu had hij te horen gekregen dat ik zijn broer was. Ik zag zijn geest kolken. Ik was een slachtoffer van Des Tiny, net als hij. Hij had het mis gehad om mij te haten – ik had geen keuze gehad in wat ik had gedaan. In de hele wereld was ik de persoon die het dichtst bij hem stond en toch was ik de persoon die hij het meest gekwetst had.

Steve hervond in die laatste momenten datgene waarvan ik had gedacht dat hij het voor altijd was kwijtgeraakt: zijn menselijkheid. Hij zag de verschrikking van zijn daden, het kwaad dat hij had gepleegd, de fouten die hij had gemaakt. Er bestond een mogelijke redding in die herkenning. Nu hij bij zichzelf kon zien hoe hij werkelijk was, kon hij misschien, zelfs op dit moment, berouw hebben.

Maar ik kon me die menselijkheid niet permitteren. Steves redding zou mijn ondergang worden, en die van de wereld. Voor mij moest hij ziedend kwaad zijn, inwendig brandend van woede en haat. Alleen in die staat zou hij de kracht kunnen opbrengen om mij helpen meneer Tiny's greep op de toekomst te verbreken.

'Steve,' zei ik, met een gedwongen, gemene grijns. 'Je had gelijk. Ik heb samengesmeed met meneer Crepsley om jouw plaats als zijn assistent over te nemen. We maakten een sul van jou en ik ben blij. Jij bent niemand. Niets. Dit verdien je. Als meneer Crepsley nog zou leven, zou hij je net zo uitlachen als wij allemaal.'

Meneer Tiny huilde van verrukking. 'Brave jongen!' bulderde hij. Hij dacht dat ik nog een laatste aanval deed voor Steve stierf. Maar hij had het mis.

Steves ogen vulden zich weer met haat. De mens in hem verdween onmiddellijk en hij was weer Steve Leopard, vampiersdoder. In een snelle, verdwaasde beweging bracht hij zijn linkerhand naar boven en dreef het mes diep in mijn buik. Nog geen tel later deed hij het weer, daarna nog een keer.

'Hou op!' gilde meneer Tiny die het gevaar te laat zag. Hij dook op ons af om me weg te trekken, maar Evanna ging voor hem staan en blokkeerde zijn pad.

'Nee, vader!' snauwde ze. 'Je kunt hier niet tussenbeiden komen.'

'Ga opzij!' loeide hij, terwijl hij met haar worstelde. 'De dwaas laat zich door Leonard doden! We moeten het tegenhouden!'

'Te laat,' giechelde ik toen Steves mes voor de vijfde keer naar binnen schoof en door mijn ingewanden sneed. Meneer Tiny hield op en knipperde verdwaasd met zijn ogen, volslagen verloren voor misschien wel de eerste keer in zijn lange, goddeloze leven. 'Noodlot... verworpen,' zei ik met mijn laatste ademtocht. Ik greep Steve stevig beet toen hij weer met het mes naar me uithaalde en rolde naar rechts, over de rand van het pad de rivier in.

Samen vielen we in het water, de armen in elkaar verstrengeld en we zonken snel. Steve probeerde me weer te steken, maar het was hem te veel. Zijn lichaam werd slap, raakte van me los en zakte naar de donkere diepten van de rivier. Binnen een paar seconden verdween het uit het zicht.

Ik was nauwelijks meer bij bewustzijn, bleef loom hangen terwijl de stroom van de rivier aan mijn armen en benen trok en me deed ronddraaien. Water stroomde mijn keel binnen en vulde mijn longen. Een deel van mij wilde terug naar de oppervlakte, maar ik verzette me ertegen omdat ik meneer Tiny niet de minste of geringste kans wilde geven me weer tot leven te wekken.

Ik zag gezichten in het water, of in mijn gedachten – het was onmogelijk het verschil te zien. Sam Grest, Gavner Purl, Arra Sails. Meneer Tall. Shancus, V.W., meneer Crepsley. De doden kwamen me welkom heten.

Ik strekte mijn armen naar hen uit, maar onze vingers raakten elkaar niet. Ik stelde me voor dat meneer Crepsley zwaaide, terwijl een trieste uitdrukking over zijn gezicht trok. Toen vervaagde alles. Ik verzette me niet langer. De wereld, het water, de gezichten verdwenen uit mijn beeld, daarna uit het geheugen. Een gebulder dat stilte was. Een duisternis die licht was. Een kilte die brandde. Een laatste trilling van mijn oogleden, nauwelijks een beweging en toch ongelooflijk vermoeiend. En toen, in de eenzame, waterige duisternis van de rivier, deed ik wat iedereen moest doen als de Grijze Ruiter riep – ik stierf.

TUSSEN-SPEL

Tijdloosheid. Eeuwige duisternis. Ronddraaiend in langzame, nooit eindigende cirkels. Ingesloten maar alleen. Bewust van andere zielen, gevangen zoals ik, maar niet in staat ze te bereiken. Geen gezicht, gehoor, smaak, reuk, gevoel. Alleen maar de verpletterende verveling van het nu en de pijnlijke herinneringen aan het verleden.

Ik ken deze plek. Het is het Dodenmeer, een zone waar geesten heen gaan die zich niet kunnen losmaken van de aantrekkingskracht van de aarde. De zielen van sommige mensen gaan niet verder als ze sterven. Ze blijven gevangen in de wateren van dit rotte meer, tot in de eeuwigheid veroordeeld stil rond te draaien in de diepten.

Ik ben triest dat ik hier terecht ben gekomen, maar niet verrast. Ik heb geprobeerd een goed leven te leiden en uiteindelijk heb ik mezelf opgeofferd in een poging anderen te redden, dus in zekere opzichten verdiende ik misschien het paradijs. Maar ik was ook een moordenaar. Wat de redenen ook waren, ik nam het leven van anderen en maakte mensen ongelukkig. Ik weet niet of een hogere macht een oordeel over me heeft geveld of dat ik gevangen zit door mijn eigen schuldgevoel. Het maakt niet echt wat uit, denk ik. Ik ben hier en er is geen weg naar buiten. Dit is mijn lot. Voor altijd.

Geen gevoel van tijd. Geen dagen, nachten, uren, minuten – zelfs geen seconden. Zit ik hier nu een week, een jaar, een eeuw? Ik weet het niet. Woedt de Oorlog der Littekens nog voort? Zijn de vampiers of vampanezen ten onder gegaan? Heeft iemand anders mijn plaats als Heer van het Duister ingenomen? Ben ik voor niets gestorven? Ik weet het niet. Ik zal het waarschijnlijk ook nooit weten. Dat maakt deel uit van mijn veroordeling. Deel van mijn vloek.

Als de zielen van de doden konden spreken, zouden ze gillen om vrijlating. Niet alleen vrijlating uit het Meer, maar uit hun herinneringen. Herinneringen knagen meedogenloos aan me. Ik herinner me zo veel van mijn verleden, al die keren dat ik mislukte of het beter had kunnen doen. Omdat ik niets anders te doen heb, ben ik gedwongen mijn leven te herzien, steeds weer. Zelfs mijn kleinste vergissingen worden enorme beoordelingsfouten. Ze kwellen me meer dan Steve ooit heeft gedaan.
Ik probeer me te verschuilen voor de pijn van de herinneringen door verder mijn verleden in te gaan. Ik herinner me de jonge Darren Shan, menselijk, gelukkig, normaal, onschuldig. Jarenlang, tientallen jaren – of zijn het slechts minuten? – herleef ik die eenvoudige, zorgeloze tijden. Ik zet mijn hele vroegste

leven in elkaar. Ik herinner me zelfs de kleinste details – de kleur van speelgoedautootjes, huiswerkopdrachten, nutteloze gesprekken. Ik ga honderd keer door de gesprekken van alledag heen, tot elk woord correct is. Hoe langer ik erover nadenk, hoe dieper ik wegzink in die jaren en mezelf verlies, weer mens, bijna in staat om te geloven dat de herinneringen werkelijkheid zijn en mijn dood en het Dodenmeer niets anders dan een onaangename droom.

Maar je ontkomt nooit echt aan de eeuwigheid. Mijn latere herinneringen zijn altijd dichtbij, knagen de grenzen weg van de beperkte werkelijkheid die ik heb opgebouwd. Altijd weer schiet ik verder naar een gezicht of een gebeurtenis. Dan raak ik de macht kwijt en ben ik weer teruggeworpen in de duistere, nachtmerrieachtige wereld van mijn leven als halfvampier. Weer beleef ik de fouten, de verkeerde keuzes, de bloedbaden.

Zo veel vrienden verloren, zo veel vijanden gedood. Ik voel me voor allen verantwoordelijk. Ik geloofde in vrede toen ik voor het eerst op de Vampiersberg aankwam. Ik voelde medelijden met Kurda Smahlt, ook al verried hij zijn volk. Ik wist dat hij het deed in een poging om de oorlog te voorkomen. Ik kon niet begrijpen waarom het zover had moeten komen. Als de vampiers en vampanezen bij elkaar waren gaan zitten om hun geschillen uit te spreken, had de oorlog vermeden kunnen worden.

Toen ik net Prins was, droomde ik ervan vredestichter te worden, verder te gaan waar Kurda was gebleven en de vampanezen terug in de clan te halen. Ik raakte die dromen kwijt ergens in die zes jaar dat ik in de Vampiersberg zat. Ik leerde overleven als vampier, leerde hun manier van doen, trainde met wapens, stuurde vrienden weg om te gaan vechten en te sterven... Het had allemaal zijn uitwerking op mij en toen ik ten slotte weer terugkeerde in de wereld buiten de Vampiersberg, was ik veranderd. Ik was een krijger, woest, onaangedaan door de dood, gericht op doden in plaats van praten.

Ik was niet slecht. Soms is het nodig om te vechten. Op sommige momenten moet je je nobelere ideeën van je afzetten en je handen vuil maken. Maar je moet altijd naar vrede streven en proberen de vredelievende oplossing te vinden voor zelfs het bloedigste conflict. Ik heb het niet gedaan. Ik omarmde de oorlog en ging mee in de algemene opinie: dat als we de Heer der Vampanezen doodden al onze problemen opgelost zouden zijn en het leven weer prima zou worden.

We hadden het mis. Nooit heeft de dood van een mens ook maar iets opgelost. Steve was alleen maar het begin. Als je eenmaal vertrekt op de weg van moorden, is het moeilijk een terugweg te vinden. We hadden niet kunnen stoppen. De dood van één vijand zou niet genoeg zijn geweest. Na Steve zouden we de vampanezen hebben weggevaagd, vervolgens de hele mensheid. We zouden onszelf hebben neergezet als de heersers van de wereld en alles op ons pad hebben verpletterd, en ik zou het goed hebben gevonden. Sterker nog, ik zou de vampiers zijn voorgegaan, niet alleen maar zijn gevolgd.

Dat schuldgevoel, niet over wat ik heb gedaan, maar over wat ik zou hebben gedaan, vreet aan me als honderdduizenden vraatzuchtige ratten. Het maakt niets uit dat ik de zoon was van Desmond Tiny, dat slechtheid in mijn genen zat. Ik had de macht mezelf los te maken van de duistere lotsbeschikking van mijn vader. Ik heb dat aan het einde bewezen door te sterven. Maar waarom heb ik dat niet eerder gedaan, voordat er zo veel mensen waren gedood?

Ik weet niet of ik de oorlog had kunnen beëindigen, maar ik had kunnen zeggen: 'Nee, ik wens hier geen deel van uit te maken.' Ik had voor vrede kunnen pleiten, niet ervoor vechten. Was het me niet gelukt, dan zou ik uiteindelijk misschien niet hier terecht zijn gekomen, naar beneden getrokken door zo veel gruwelijke doden.

Tijd gaat voorbij. Gezichten zwemmen mijn gedachten binnen en verdwijnen weer. Herinneringen worden gevormd, vergeten en weer gevormd. Ik veeg grote delen van mijn leven uit, haal ze terug en veeg ze weer uit. Ik geef me over aan krankzinnigheid en vergeet wie ik was. Maar de krankzinnigheid blijft niet. Met tegenzin kom ik weer bij mijn verstand.

Ik denk veel aan mijn vrienden, vooral die vrienden die nog leefden toen ik stierf. Zijn ze omgekomen in het stadion? Als ze het hebben overleefd, wat kwam er toen na? Aangezien Steve en ik allebei zijn gestorven, hoe is de Oorlog der Littekens geëindigd? Heeft meneer Tiny ons kunnen vervangen door nieuwe leiders, mannen met dezelfde macht als Steve en ik? Ik zie niet hoe, tenzij hij nog een stel kinderen heeft verwekt.

Leefde Harkat nog en ijverde hij voor vrede tussen de vampiers en vampanezen, zoals hij had gedaan toen hij Kurda Smahlt was? Had Alice Burgess haar vampirieten geleid tegen de vampets en die verpletterd? Heeft Debbie om me gerouwd? Het niet weten veroorzaakt een gruwelijke pijn. Ik zou mijn ziel aan de duivel hebben verkocht voor een paar minuten in de wereld van de levenden, waar ik antwoorden op mijn vragen kon vinden. Maar zelfs de duivel verstoorde de wateren van het Dodenmeer niet. Dit was de exclusieve rustplaats voor de verdoemden.

Drijvend, spookachtig en berustend. Ik concentreer me op mijn dood, denk terug aan Steves gezicht toen hij me stak, zijn haat, zijn angst. Ik tel het aantal seconden dat ik nodig had om te sterven, de bloeddruppels die ik vergoot op de rivieroever waar hij me doodde. Ik voel mezelf in het water van de rivier vallen... tien keer... honderd keer... duizend.

Dat water leefde zoveel meer dan het water van het Dodenmeer. Stromingen. Er zwom vis in. Luchtbellen. Koud. Het water hier is dood, even levenloos als de zielen erin. Geen vis die de diepten verkent, geen insect die boven het oppervlak zweeft. Ik weet niet waarom ik deze feiten ken, maar ik ken ze. Ik voel de afschuwelijke leegheid van het Meer. Het bestaat alleen maar om de geesten van de jammerlijke doden te bevatten.

Ik verlang naar de rivier. Ik zou elke vraagprijs hebben betaald als ik terug kon gaan en de kracht van het stromende water weer kon voelen, de kilte toen ik erin viel, de pijn toen ik doodbloedde. Alles is beter dan deze wereld van vergetelheid. Zelfs een minuut sterven is te verkiezen boven een eeuwigheid van niets.

Eén kleine troost: hoe slecht het mij ook vergaat, het moet veel erger zijn voor Steve. Mijn schuldgevoel is niets vergeleken bij dat van hem. Ik was binnengezogen in de duivelse spelletjes van meneer Tiny, maar Steve heeft zich er met hart en ziel in gestort. Zijn misdaden zijn zoveel heviger dan die van mij, dus zijn lijden moet ook zoveel heviger zijn.

Tenzij hij zijn schuld niet accepteert. Misschien betekent eeuwigheid niets voor hem. Misschien voelt hij alleen spijt dat ik hem heb verslagen. Het kan zijn dat het hem niets kan schelen wat hij heeft gedaan, of beseft wat voor monster hij was. Misschien is hij wel tevreden hier, met liefde terugdenkend aan alles wat hij heeft bereikt.

Maar ik betwijfel het. Ik vermoed dat de bekentenis van meneer Tiny een groot deel van Steves krankzinnige verdedigingsmuur heeft vernietigd. Te weten dat hij mijn broer was en dat we allebei marionetten waren in de handen van onze vader, moet hem aardig door elkaar geschud hebben. Ik denk, gezien de tijd om na te denken – en dat is het enige wat je hier kunt doen – dat hij zal huilen om wat hij heeft gedaan. Hij zal inzien wie hij in werkelijkheid was en zichzelf erom haten.

Ik zou er plezier aan moeten beleven. Daar, omwille van de gratie van de goden... Maar ik minacht Steve nog steeds. Ik begrijp waarom hij zo heeft gedaan en ik heb medelijden met hem. Maar ik kan hem niet vergeven. Zo ver kan ik niet gaan. Misschien is dat nog een reden dat ik hier ben.

Ik onttrek me opnieuw aan de pijnlijke herinneringen. Laat de wereld van de vampiers achter me en doe alsof die nooit heeft bestaan. Ik stel mezelf voor als kind en beleef dezelfde dagen steeds weer, weiger verder te gaan dan die middag toen ik een kaartje voor het Cirque du Freak won. Ik bouw een perfecte, verzegelde en gerieflijke werkelijkheid. Ik ben Darren Shan, geliefde zoon en broer, niet de braafste jongen van de wereld, maar zeker niet de slechtste. Ik doe klusjes voor mam en pap, worstel met mijn huiswerk, kijk tv, trek op met mijn vrienden. Het ene moment ben ik zes of zeven, het andere tien of elf. Ik draai voortdurend terug naar mezelf, leef het verleden en negeer alles waarover ik niet wens na te denken. Steve is mijn beste vriend. We lezen strips, kijken naar griezelfilms, vertellen elkaar moppen. Annie is een kind, steeds weer een kind – ik denk nooit aan haar als een vrouw met een eigen kind. Vampiers zijn monsters uit legendes, zoals weerwolven, zombies, mummies en moeten niet serieus worden genomen. Het is mijn doel de Darren uit mijn herinneringen te worden, mezelf volledig te verliezen in het verleden. Ik wil niets meer te maken hebben met schuldgevoel. Ik ben eerder krankzinnig geweest en weer hersteld.

Ik wil weer krankzinnig worden, maar deze keer voor altijd.

Ik doe moeite om te verdwijnen in het verleden. Terwijl ik aan alles terugdenk, en elke keer dat ik een moment herbeleef en de details nog scherper schilder, begin ik de zielen, het Meer, de vampiers en de vampanezen te vergeten. Zo af en toe krijg ik nog flitsen van de werkelijkheid, maar ik veeg die snel van me af. Ik denk als een kind, herinner als een kind en word een kind.

Ik ben er bijna. De krankzinnigheid wacht, de armen wijd gespreid om me te verwelkomen. Ik zal een leugen leven, maar het zal een vreedzame, kalmerende leugen zijn. Ik verlang ernaar. Ik doe heel erg mijn best het echt te maken. En ik kom er. Ik voel mezelf er steeds dichter in de buurt komen. Ik tast naar de leugen met de tentakels van mijn geest. Ik betast hem, verken hem, begin naar binnen te glijden als ik, heel plotseling, een nieuwe sensatie gewaar word.

Pijn! Zwaarte. Opstijgen. De krankzinnigheid ligt achter me. Het water van het Meer sluit zich om me heen. Gruwelijke pijn! Spartelend, hoestend, snakkend naar adem. Maar waarmee? Ik heb geen armen om te spartelen, geen mond om te hoesten, geen longen om naar lucht te happen. Maakt dit deel uit van die krankzinnigheid? Ben ik...

En plotseling bereikt mijn hoofd – een echt bestaand hoofd – het oppervlak. Ik adem lucht in. Zonlicht verblindt me. Ik spuug water uit. Mijn armen komen los van het Meer. Ik word omgeven door iets, maar niet door de zielen van de doden – door netten! Mensen trekken eraan. Ik kom uit het Meer. Gillend van pijn en verwarring – maar geen geluid. Mijn lichaam wordt gevormd, ongelooflijk zwaar na al die tijd van gewichtsloosheid. Ik kom neer op harde, warme grond. Mijn voeten slepen uit het water. Verbaasd probeer ik te staan. Ik haal het tot op mijn knieën, val dan. Ik kom hard op de grond neer. Weer pijn, nieuw en angstaanjagend. Ik rol me op tot een bal, trillend als een klein kind. Ik sluit mijn ogen tegen het licht en begraaf mijn vingers in de aarde om mezelf ervan te verzekeren dat het echt is. En dan huil ik zacht als het ongelooflijke, verbijsterende onmogelijke besef ontstaat – ik leef!

DEEL TWEE

De zon sloeg meedogenloos op me neer, maar ik kon
het huiveren niet stoppen. Iemand sloeg een deken
om me heen, harig en dik. Die jeukte verschrikkelijk,
maar het gevoel was heerlijk. Elk gevoel zou welkom
zijn geweest na de gevoelloosheid van het Dodenmeer.
De persoon die de deken over me heen had gegooid,
knielde naast me neer en kantelde mijn hoofd naar
achteren. Ik knipperde water uit mijn ogen en probeerde te focussen. Het kostte een paar tellen, maar
uiteindelijk concentreerde ik me op mijn redder. Het
was een Kleine Mens. Eerst dacht ik dat het Harkat
was. Ik opende mijn mond om opgetogen zijn naam
te roepen. Toen keek ik nog eens en ik besefte dat het
niet mijn oude vriend was, maar een van zijn grijze
soortgenoten vol littekens en met groene ogen.
De Kleine Mens onderzocht me zwijgend, porrend en
prikkend. Toen ging hij staan en liep van me weg. Ik
trok de deken dichter om me heen en probeerde het
huiveren te stoppen. Na een tijdje kon ik de kracht
opbrengen om me heen te kijken. Ik lag aan de oever van het Dodenmeer. De grond waarop ik lag was
hard en droog, als een woestijn. Vlakbij stonden enkele Kleine Mensen. Een paar hing netten op om te

drogen – de netten waarmee ze me opgevist hadden. De anderen keken in de leegte of naar het Meer.

Er klonk een krijsend geluid in de lucht. Ik keek op en zag een enorm beest rond het Meer cirkelen. Door mijn eerdere reis hierheen wist ik dat het een draak was. Ik kromp ineen van de angst. Toen zag ik een tweede draak. Een derde. Een vierde. Met open mond van verbazing besefte ik dat de lucht ermee bezaaid was, tientallen, misschien wel honderden. Als die me zagen...

Ik begon zwakjes naar een veilige plek te kruipen, stopte ermee en wierp een blik op de Kleine Mensen. Ze wisten dat de draken daar waren, maar ze werden niet gehinderd door de reusachtige vliegende reptielen. Misschien hadden ze me uit het Meer gesleept als voer voor de draken, maar het leek me niet. En als het wel zo was, kon ik er door mijn verzwakte staat toch niets aan doen. Ik kon niet vluchten of vechten en ik kon me nergens verschuilen. Dus ik bleef gewoon liggen waar ik lag en wachtte op de komende gebeurtenissen.

De draken cirkelden een aantal minuten rond en de Kleine Mensen bleven onbeweeglijk staan. Ik voelde nog steeds die enorme kilte, maar ik huiverde niet meer zo erg als toen ik net uit het Meer kwam. Ik verzamelde alle beetjes energie die ik nog had om te proberen naar de Kleine Mensen toe te lopen en hun te vragen wat er aan de hand was, toen iemand achter me begon te spreken.

'Sorry dat ik te laat ben.'

Ik keek over mijn schouder in de verwachting meneer

Tiny te zien, maar het was zijn dochter (mijn halfzus) Evanna, die op me af gebeend kwam. Ze zag er niet anders uit dan ik me haar herinnerde, hoewel er een sprankeling in haar groene en bruine oog zat die er de laatste keer niet was geweest.

'Woeh!' zei ik schor, het enige geluid dat ik voort kon brengen.

'Rustig aan,' zei Evanna toen ze bij me was en zich boog om me een hartelijk kneepje in mijn schouder te geven. 'Probeer niet te praten. Het duurt een paar uur voor de gevolgen van het Meer verdwenen zijn. Ik maak een vuur en kook een soep voor je. Daarom was ik niet hier toen je opgevist werd – ik zocht hout voor het vuur.' Ze wees op een stapel stammetjes en takken.

Ik wilde haar bestoken met vragen, maar het had geen zin mijn keel te belasten als die toch niet werkte. Dus ik zei niets, terwijl ze me optilde en als een klein kind naar de stapel hout bracht, daar neerzette en haar aandacht op het sprokkelhout richtte.

Toen het vuur keurig brandde, haalde Evanna een plat rond object onder de touwen vandaan die ze droeg. Ik herkende het onmiddellijk – een inklapbare pot zoals meneer Crepsley ooit had gebruikt. Ze drukte in het midden, het klapte uit en kreeg zijn natuurlijke vorm. Evanna vulde die daarna met water (niet uit het Meer, maar uit een emmer), gras en kruiden en hing die aan een stok boven de vlammen.

De soep was dun en smakeloos, maar de warmte ervan was voor mij als het vuur van de goden. Ik dronk gretig een kom, een volgende, een derde. Evanna glimlachte terwijl ik slurpte, nipte daarna langzaam van haar eigen kom. Regelmatig krijsten de draken boven ons hoofd en de geur van de rook was magisch. Ik voelde me op een vreemde manier ontspannen alsof dit een lome zomerse zondagnamiddag was.

Ik was halverwege mijn vierde kom toen mijn knorrende maag genoeg had. Met een gelukzalige zucht zette ik de kom neer en bleef licht glimlachend zitten, alleen maar denkend aan het goede gevoel van binnen. Maar ik kon niet eeuwig zwijgend blijven zitten, dus uiteindelijk bracht ik mijn blik omhoog, keek Evanna aan en testte mijn stembanden. 'Urch,' kraakte ik, terwijl ik had willen zeggen: 'Bedankt.'

'Het is lang geleden dat je hebt gesproken,' zei Evanna. 'Begin eenvoudig. Probeer het alfabet. Ik ga nog wat hout voor het vuur zoeken. We blijven hier niet meer zo lang, maar terwijl we hier zijn, kunnen we het net zo goed warm hebben. Oefen tijdens mijn afwezigheid en misschien kunnen we praten als ik terug ben.'

Ik deed wat ze me aangeraden had. In het begin had ik moeite geluiden zo te laten klinken als ze hoorden te klinken, maar ik ging door en langzaam begonnen mijn A's als A's te klinken, B's als B's enzovoort. Toen ik een paar keer het hele alfabet had geprobeerd zonder één fout te maken, ging ik over op woorden, eenvoudige dingen: kat, hond, mam, pap, lucht, ik. Daarna probeerde ik namen, langere woorden en uiteindelijk zinnen. Het spreken deed pijn en sommige woorden kreeg ik niet goed, maar toen Evanna ten slotte terugkeerde met een bundel armzalige twij-

gen in haar armen, lukte het me haar met een knar-
sende, maar halfnormale stem te begroeten: 'Bedankt
voor de soep.'

'Graag gedaan.' Ze wierp nog een paar takken op het
vuur en ging toen naast me zitten. 'Hoe voel je je?'

'Zwaar verroest.'

'Weet je nog hoe je heet?'

Ik keek haar bevreemd aan. 'Waarom niet?'

'Het Meer verdraait de geest van mensen,' zei ze. 'Het
kan de herinnering vernietigen. Veel zielen vergeten
wie ze zijn. Ze worden krankzinnig en raken het spoor
naar hun verleden bijster. Je hebt er lang in gezeten.
Ik vreesde het ergste.'

'Het was op het nippertje,' gaf ik toe, terwijl ik iets
dichter naar het vuur schoof, terugdenkend aan mijn
inspanningen om krankzinnig te worden en te ontsnappen aan het gewicht van mijn herinneringen.
'Het was verschrikkelijk. Het is daar gemakkelijker
als je waanzinnig bent dan bij je verstand.'

'Dus hoe luidt die?' vroeg Evanna. Toen ik stom met
mijn ogen knipperde, lachte ze. 'Hoe heet je?'

'O.' Ik glimlachte. 'Darren Shan. Ik ben een halfvampier. Ik herinner me alles nog. De Oorlog der Littekens. Meneer Crepsley, Steve. Mijn gezicht ver-
duisterde. Ik herinner me mijn dood en wat meneer
Tiny net ervoor zei.'

'Echt iemand voor verrassingen, hè, onze vader?'

Ze keek me van opzij aan om te zien wat ik daarop te
zeggen had, maar ik kon niets bedenken. Hoe moet
je reageren op het nieuws dat Des Tiny je vader is en
een eeuwenoude heks je halfzus? Om het onderwerp

te vermijden, bestudeerde ik het landschap om me heen. 'Het ziet er hier anders uit,' zei ik. 'Het was groen toen ik hier met Harkat kwam, veel gras en verse aarde.'

'Dit is verder in de toekomst,' legde Evanna uit. 'Tijdens je reis naar het Dodenmeer met Harkat leefde je ongeveer tweehonderd jaar na het heden. Deze keer ben je honderdduizenden jaren verder, misschien nog meer. Ik weet het niet helemaal zeker. Dit is de eerste keer dat vader er zelfs in heeft toegestemd mij hier te laten komen.

'Honderd...' Mijn hoofd tolde.

'Dit is het tijdperk van de draken,' zei Evanna. 'Het tijdperk na dat van de mensen.'

Mijn adem stokte in mijn keel en ik moest die twee keer schrapen voor ik antwoord kon geven. 'Je bedoelt dat de mensen zijn uitgestorven.'

'Uitgestorven of overgegaan naar andere werelden of sferen.' Evanna haalde haar schouders op. 'Ik weet het niet zeker. Ik weet alleen dat de wereld nu aan de draken toebehoort. Ze heersen erover zoals ooit de mensen hebben gedaan en daarvoor de dinosaurussen.'

'En de Oorlog der Littekens?' vroeg ik nerveus. 'Wie heeft die gewonnen?'

Evanna zweeg een ogenblik. Toen zei ze: 'We hebben nog veel te bepraten. Laten we de zaak niet overhaasten.' Ze wees naar de draken hoog in de lucht. 'Roep een van hen naar beneden.'

'Wat?' Ik fronste mijn voorhoofd.

'Roep ze, zoals je Madame Octa riep. Jij kunt macht

over de draken hebben zoals je ooit macht over je huisspin had.'

'Hoe?' vroeg ik verbijsterd.

'Ik zal het je laten zien. Maar eerst moet je roepen!' Ze glimlachte. 'Ze doen ons niets. Je hebt mijn woord.'

Ik was er niet zo zeker van, maar het leek me fantastisch om een draak mijn wil op te leggen. Ik keek omhoog, bestudeerde de beesten in de lucht en concentreerde me op een die iets kleiner was dan de andere. (Ik wilde geen grote naar beneden halen voor het geval Evanna het mis had en hij aanviel.) Ik volgde hem een paar tellen met mijn ogen, stak toen een hand naar hem uit en fluisterde: 'Kom bij me. Kom naar beneden. Kom op, schoonheid.'

De draak maakte een achterwaartse salto en liet zich daarna snel vallen. Ik dacht dat hij ons in duizend stukjes uit elkaar zou blazen. Ik raakte in paniek en probeerde weg te rennen. Evanna trok me terug op mijn plaats. 'Rustig,' zei ze. 'Je raakt je macht kwijt als je het contact verbreekt en nu hij weet dat we hier zijn zou het gevaarlijk kunnen worden als je hem zijn gang laat gaan.'

Ik wilde dit spelletje niet meespelen, maar het was te laat om eruit te stappen. Terwijl mijn hart woest bonkte, concentreerde ik me op de aanvliegende draak en praatte weer tegen hem. 'Rustig. Trek op. Ik wil je geen kwaad doen – en ik wil niet dat je ons kwaad doet! Blijf gewoon een tijdje boven ons vliegen en...'

De draak trok op uit zijn val en bleef op een paar meter boven ons hangen. Hij klapwiekte met zijn machtige, leerachtige vleugels. Ik kon niets boven het geluid uit horen en de kracht van de wind deed me achterover slaan. Terwijl ik moeite deed weer overeind te komen, landde de draak dicht bij me. Hij trok zijn vleugels in, liet zijn kop zakken alsof hij me op wilde slokken, bleef toen staan en keek alleen maar.

Het beest leek heel erg op die ik eerder had gezien. Zijn vleugels hadden een lichtgroene kleur, hij was ongeveer zes meter lang, geschubd als een slang met een opbollende borst en een dunne staart. De schubben op zijn buik hadden een dofrode en gouden kleur, terwijl die op zijn rug groen met rode vlekken waren. Hij had twee lange voorpoten aan de voorkant van zijn lichaam en twee kleine achterpoten op ongeveer een kwart afstand van de staart. Een heleboel scherpe nagels. Een kop als een alligator, lang en plat, met uitpuilende gele ogen en kleine gepunte oren. Zijn snuit was donkerpaars. Ook had hij een lange gevorkte tong en hij kon vuur spuwen, als hij tenminste op die andere draken leek.

'Het is ongelooflijk,' zei Evanna. 'Dit is voor het eerst dat ik er één van zo dichtbij zie. Vader heeft zichzelf overtroffen met zijn creatie.'

'Heeft meneer Tiny de draken gemaakt?'

Evanna knikte. 'Hij hielp menselijke wetenschappers om die te creëren. Eigenlijk was een van je vrienden de sleutelfiguur van het team – Alan Morris. Met hulp van vader bewerkstelligde hij een doorbraak en wist ze te klonen met een combinatie van dinosauruscellen.'

'Alan?' snoof ik. 'Je vertelt me dat Alan Morris draken heeft gemaakt? Dat is volslagen absurd en uiterst...' Ik zweeg ineens. Tommy had me verteld dat Alan wetenschapper was en dat hij zich had gespecialiseerd in klonen. Het viel nauwelijks te geloven dat die dwaze jongen die ik had gekend was uitgegroeid tot de schepper van draken – maar aan de andere kant was het ook nauwelijks te geloven dat Steve Heer der Vampanezen was geworden en ik een Vampiersprins. Ik neem aan dat alle belangrijke mannen en vrouwen ooit moeten beginnen als normale, onopvallende kinderen.

'Eeuwenlang zullen de heersers van deze wereld de draken sturen,' zei Evanna. 'Ze houden ze in de hand. Later, als ze die macht kwijtraken – zoals met alle heersers gebeurt – zullen de draken vrij rondvliegen en een echte bedreiging vormen. Uiteindelijk zullen ze op hun beurt de wereld regeren. Ik weet niet wat er na hen komt. Ik heb nooit zo ver in de toekomst gekeken.'

'Waarom doodt hij ons niet?' vroeg ik, terwijl ik ongemakkelijk naar de draak keek. 'Is hij tam?'

'Nauwelijks.' Evanna lachte. 'Gewoonlijk zouden de draken ons verscheuren. Vader maakt dit gebied voor hen onzichtbaar, ze kunnen het Dodenmeer en iedereen eromheen niet zien.'

'Deze ziet ons,' merkte ik op.

'Ja, maar jij houdt hem in bedwang, dus we zijn veilig.'

'De laatste keer dat ik hier was, werd ik bijna levend geroosterd door draken,' zei ik. 'Hoe kan ik ze nu in de hand houden als ik het eerder niet kon?'

'Maar je kon het wel,' antwoordde Evanna. 'Je had de macht, je wist het alleen niet. De draken zouden je toen ook gehoorzaamd hebben, zoals ze nu doen.'

'Waarom?' Ik keek fronsend. 'Wat is er zo bijzonder aan mij?'

'Je bent de zoon van Desmond Tiny,' herinnerde Evanna me. 'Ook al heeft hij zijn magische krachten niet aan je doorgegeven, sporen van zijn invloed blijven. Daarom kon je ook zo vaardig omgaan met dieren, zoals spinnen en wolven. Maar er is meer.'

Evanna strekte haar hand uit, haar arm werd langer en langer tot ver voorbij de normale lengte, en ze raakte de kop van de draak aan. De schedel gloeide op onder de aanraking van de heks. De purperen huid verdween, werd daarna doorzichtig zodat ik eronder de hersenen kon zien. De ovalen, steenachtige vorm kwam me direct bekend voor, hoewel het even duurde om weer te weten waaraan het me deed denken. Toen viel het op zijn plaats.

'De Bloedsteen!' riep ik uit. Hoewel deze kleiner was dan die in de Hal der Prinsen, was hij onmiskenbaar van hetzelfde type. De Bloedsteen was een cadeau geweest van meneer Tiny aan de vampiers. Zevenhonderd jaar lang hadden de leden van de clan er hun bloed aan gegeven en hem gebruikt om elkaar op te sporen en met elkaar te communiceren. Het was een onschatbaar werktuig, maar gevaarlijk – als hij in handen van de vampanezen was gevallen, hadden zij elke levende vampier kunnen opsporen en doden.

'Vader bracht het brein van een draak naar het verleden en gaf het aan de vampiers,' zei Evanna. 'Hij doet dat vaak, dat reizen naar het verleden, en hij brengt dan kleine veranderingen aan die van invloed zijn op het heden en de toekomst. Via de Bloedsteen verbond hij de vampiers steviger aan zijn wil. Als de vampiers de Oorlog der Littekens winnen, zullen ze de Bloedsteen gebruiken om de draken te beheersen en via de draken het luchtruim. Ik denk niet dat de vampanezen hem zullen gebruiken als ze winnen. Zij hebben de cadeaus van Desmond Tiny nooit ver-trouwd – dat was een van de redenen waarom ze zich losmaakten van de vampiersclan. Ik weet niet hoe hun relatie met de draken zal zijn. Misschien zal vader hen voorzien van een andere manier om de beesten te beheersen, of misschien vindt hij het leuk dat ze vijanden blijven.'

'De Bloedsteen moest de laatste hoop van de clan zijn,' mompelde ik, niet in staat mijn ogen van het gloeiende brein van de draak af te houden. 'Er was een legende: als we de oorlog met de vampanezen ver-loren, zou de Bloedsteen ons misschien helpen weer op te staan.'

Evanna knikte en haalde haar hand weg van de kop van de draak. Het gloeien verdween en hij kreeg zijn normale uiterlijk terug. De draak leek geen enkele verandering te hebben opgemerkt. Hij bleef naar me staren en wachtte op mijn commando.

'Vóór alles hunkert vader naar chaos,' zei Evanna. 'Hij raakt verveeld door stabiliteit. Hij heeft belang-stelling voor een ras dat eeuwig heerst. Een tijdje vond hij het leuk mensen over deze planeet te laten heersen, aangezien zij gewelddadig zijn en altijd oorlog voeren met elkaar. Maar toen hij in de tweede helft van de twintigste eeuw zag dat ze op weg waren naar vrede – of dacht dat ze het deden; om eerlijk te zijn ben ik het niet eens met zijn beoordeling – begon hij aan hun ondergang te werken. Hij zal hetzelfde doen met hun opvolgers.

'Als de vampanezen de Oorlog der Littekens winnen en de vampiers wegvagen, zal hij de Steen in de toekomst gebruiken. Hij zal mensen erheen brengen en hun leren de bloedcellen eraan te onttrekken om een nieuw leger van gekloonde vampiers te vormen. Maar het zullen andere vampiers worden dan jij kent. Desmond zal de leiding hebben over het kloonproces en knoeien met de cellen, ze veranderen en hervormen. De nieuwe wezens zullen veel woester zijn dan de oorspronkelijke vampiers, met minder ontwikkelde hersenen, slaven voor de grillen van vader.' Evanna trok een scheve glimlach. 'Dus ja, vader vertelde de waarheid toen hij zei dat de Bloedsteen kon helpen met de wederopkomst van de vampiers – maar hij hield een paar minder smakelijke feiten achter.'

'Dus geen van beide kanten kan echt winnen,' zei ik. 'Hij regelt alleen maar de leiders voor een latere val.'

'Zo is Desmond altijd geweest,' zei Evanna. 'Wat hij helpt creëren, vernietigt hij later. Veel keizerrijken – Egyptische, Perzische, Britse – hebben dat ten koste van zichzelf geleerd.'

'Egyptische?' Ik knipperde met mijn ogen.

'Vader is een grote fan van keizerrijken,' zei Evanna. 'Holbewoners die elkaar met knuppels en botten slaan zeiden hem maar heel weinig. Hij geeft er de voorkeur aan mensen elkaar te zien doden met veel effectievere wapens, en in veel grotere aantallen. Maar voor de mensheid barbaarser werd, moest die zich ook op andere manieren ontwikkelen. Het moest groeien op sociaal, cultureel, spiritueel, technologisch en medisch gebied. Slechts een land dat in alle aspecten groots was, kon een oorlog groots voeren. 'Vader heeft de hand gehad in de belangrijkste architecturale, technische en medische doorbraken van de mensheid. Hij kon nooit openlijk de leiding hebben, maar hij beïnvloedde sluw. Het enige gebied waarop hij geen echte macht had, was die van de literatuur. Desmond is geen romantische dromer. De werkelijkheid is alles voor hem. Hij heeft geen belangstelling voor de wonderlijke verhalen van de mens. Schrijvers zijn hem altijd vreemd geweest – hij leest geen fictie en heeft er ook maar weinig belangstelling voor.'

'Laat dat maar zitten,' gromde ik, omdat ik geen lor gaf om de keuze van meneer Tiny wat betreft leesvoer. 'Vertel me meer over zijn bemoeienis met de mensheid en het tijdreizen. Volgens jou gaat meneer Tiny naar het verleden om het heden en de toekomst te veranderen. Maar hoe staat het met de tijdparadox?' Ik had een heleboel sciencefictionfilms en tv-series gezien. Ik wist alles van de problemen die te maken hadden met de theorie van tijdreizen.

'Er bestaat geen paradox,' zei Evanna. 'Het universum bewaart de natuurlijke orde. De sleutelgebeurtenissen van het verleden kunnen niet veranderd worden; alleen de mensen die erbij betrokken zijn.'

'Huh?' zei ik.

'Als er iets belangrijks gebeurt in het heden – het universum, om de hogere macht maar een naam te geven, bepaalt wat belangrijk is en wat niet – kan dat nooit veranderd worden,' legde Evanna uit. 'Maar je kunt de mensen die ermee te maken hebben wel veranderen. Bijvoorbeeld, nu het gebeurd is, kun je niet naar het verleden reizen en de Tweede Wereldoorlog verhinderen. Maar je zou wél terug kunnen gaan en Adolf Hitler kunnen vermoorden. Het universum zou direct voor een andere persoon zorgen die in zijn voetsporen kan treden. Die persoon zou geboren worden als elk normaal mens, opgroeien en dan doen wat Hitler heeft gedaan, met precies dezelfde resultaten. De naam zou anders worden, maar verder niets.'

'Maar Hitler was een monster,' zei ik. 'Hij heeft miljoenen mensen de dood in gejaagd. Bedoel je dat als meneer Tiny terugging naar het verleden en hem vermoordde dat dan de een of andere onschuldige kerel zijn plaats in zou nemen? Dat al die mensen dan toch dood zouden gaan?'

'Ja,' zei Evanna.

'Dan zou die persoon hun lot niet hebben bepaald.' Ik fronste mijn voorhoofd. 'Ze zouden dan niet verantwoordelijk zijn voor hun daden.'

Evanna snoof. 'Het universum zou een kind moeten scheppen dat het potentieel voor slechtheid bezit – een goed mens kan niet tot slechtheid gedwongen worden – maar als dat eenmaal gebeurt, ja, dan zou die persoon een slachtoffer worden van het noodlot. Het gebeurt niet vaak. Vader vervangt slechts af en toe belangrijke figuren uit het verleden. De meeste mensen hebben een vrije wil. Maar er zijn er een paar die dat niet hebben.'

'Ben ik er één van?' vroeg ik zacht, het antwoord vrezend.

'Zeer zeker niet.' Evanna glimlachte. 'Jouw tijd is de tegenwoordige tijd en jij bent een oorspronkelijke creatie. Hoewel je sinds je geboorte door vader bent gemanipuleerd, is het pad dat jij bewandelt niet eerder begaan door iemand anders.'

Evanna dacht een paar tellen na, probeerde vervolgens de situatie uit te leggen op een manier die ik gemakkelijker zou begrijpen.

'Hoewel vader de gebeurtenissen van het verleden niet kan veranderen, kan hij kleine veranderingen aanbrengen,' zei ze. 'Als er in het heden iets gebeurt wat hem niet bevalt, kan hij naar het verleden terugkeren en een trein van gebeurtenissen in werking zetten die is ontworpen om tot een oplossing te komen van hetgeen hem dwars zit. Daardoor werden de vampiers zo talrijk en zo machtig.'

'Heeft meneer Tiny de vampiers dan geschapen?' schreeuwde ik – er bestond een legende dat hij ons had gemaakt, maar ik had die nooit geloofd.

'Nee,' zei Evanna. 'Vampiers zijn uit zichzelf ontstaan. Maar er waren er nooit zo veel. Ze waren zwak en niet georganiseerd. Toen besloot vader in het midden van de twintigste eeuw dat de mensheid een weg volgde die leidde naar vrede en eenheid. Omdat hij dat niet zag zitten, reisde hij naar het verleden en bracht daar tientallen jaren door en probeerde ver-

schillende aanpakken om de mensheid te ondermij-
nen. Uiteindelijk richtte hij zich op de vampiers. Hij
gaf hun extra kracht en snelheid, de mogelijkheid om
te flitten en telepathische begaafdheid; al die boven-
natuurlijke vaardigheden die jij kent. Ook voorzag hij
hen van leiders die hen in model zouden kneden en
hen tot een leger zouden vormen.

'Toen de clan zo machtig werd, zorgde vader ervoor
dat ze geen bedreiging voor de mensen zouden vormen. Oorspronkelijk konden vampiers overdag buiten
komen – Desmond Tiny maakte hen tot gevangenen
van de nacht en beroofde hen van de mogelijkheid tot
voortplanting. Zorgvuldig geketend en op die manier
onderhouden, moesten de vampiers gescheiden leven
van de mensenwereld. Aangezien ze niets belangrijks
veranderden in de geschiedenis van de mens liet het
universum hen bestaan, en uiteindelijk werden zij
deel van het heden – het moment dat vader vrij over
hen kon beschikken zoals hij wilde.'

'En was het heden mijn tijd?' vroeg ik.

'Ja,' zei Evanna. 'Tijd draait op dezelfde snelheid
door, of vader nu in het verleden, heden of de toekomst is. Dus, aangezien hij bijna twintig jaar in het
verleden vastzat en probeerde een manier te vinden
om de mensheid onderuit te halen, kwam hij pas aan
het einde van de twintigste eeuw terug naar het heden.'

'En omdat vampiers nu deel uitmaakten van dat heden,' zei ik met een pijnlijk hoofd doordat ik probeerde al die verbijsterende informatie bij te houden,
'hadden ze de vrijheid de toekomst te beïnvloeden?'

'Precies,' zei Evanna. 'Maar vader zag toen dat de clan geen aanval zou uitvoeren op de mensheid als ze aan zichzelf overgelaten werden – ze waren er heel tevreden mee om zich buiten de zaken van de mensen te houden. Dus hij ging weer terug – deze keer slechts een paar maanden – en bekokstoofde de doorbraak van de vampanezen, en ensceneerde een conflict met de vampiers.'

'En dat leidde tot de Oorlog der Littekens en uiteindelijk tot de ondergang van de mensheid,' gromde ik, ziek door de gedachte aan de vreselijke geslepenheid van de kleine man.

'Nou,' zei Evanna glimlachend, 'dat was het plan.'

'Bedoel je...' begon ik opgewonden omdat ik hoop voelde in haar glimlach.

'Stil,' hield Evanna me tegen. 'Ik zal alles snel onthullen. Maar nu is het voor ons tijd om verder te gaan.' Ze wees in de richting waar de zon aan de horizon onderging. 'De nachten zijn in deze tijd kouder dan in die van jou. Onder de grond zijn we veiliger. Bovendien,' zei ze terwijl ze opstond, 'hebben we een afspraak.'

'Met wie?' vroeg ik.

Ze keek me onbewogen aan. 'Met vader.'

Meneer Tiny was wel de laatste persoon op aarde die
ik wilde zien. Ik discussieerde heftig met Evanna, wilde weten waarom ik mezelf aan hem zou laten zien of
wat ermee te winnen viel. Ik haatte en vreesde de bemoeial meer dan ooit nu ik zoveel over hem wist.
'Ik wil aan de andere kant van de wereld zijn van waar
hij zit,' riep ik. 'Of in een ander universum als het
mogelijk is.'
'Ik begrijp het,' zei Evanna, 'maar ondanks alles moeten we naar hem toe.'
'Dwingt hij jou dit te doen?' vroeg ik. 'Heeft hij jou
gevraagd me uit het Meer te vissen? Laat hij mij door
jou halen zodat hij weer met mijn leven kan gaan
knoeien?'
'Je komt er wel achter als je hem ziet,' zei Evanna
koel, en aangezien ik werkelijk geen enkele andere
optie had dan haar uiteindelijk te volgen – ze had me
terug kunnen laten gooien in het Meer als ik niet ge-
hoorzaamde – deed ik dat met veel kwaad gemor. Ik
volgde haar onwillig de onvruchtbare woestenij in.
Zodra we de warmte van het vuur achterlieten, sloeg
de draak zijn vleugels uit en steeg op. Ik zag hem aan-
sluiten bij de meute draken ver boven ons en verloor

hem toen uit het oog. Toen ik weer naar Evanna keek zag ik dat ze nog steeds naar de lucht staarde. 'Ik wou dat we een vlucht hadden kunnen maken,' zei ze met een vreemd trieste stem.

'Op de draak?' vroeg ik.

'Ja. Ik heb altijd al op een draak willen vliegen.'

'Ik kan hem terugroepen,' stelde ik voor.

Ze schudde snel haar hoofd. 'Dit is er niet de tijd voor,' zei ze. 'En er zijn er te veel. Als de andere ons zien, vallen ze aan. Ik denk niet dat je in staat zult zijn er zo veel in bedwang te houden, niet zonder oefening. En hoewel ik ons voor hen hier beneden verborgen kan houden, kan ik het daar boven niet.'

Onder het lopen keek ik om me heen en achterom en mijn blik bleef hangen bij de Kleine mensen die onbeweeglijk bij het Meer stonden. 'Waarom is dat stelletje hier?' vroeg ik.

'Dit is het tijdperk waarin vader de zielen van de doden opvist om zijn Kleine Mensen te creëren,' zei Evanna zonder om te kijken of te vertragen. 'Hij zou die in elke tijd kunnen pakken, maar op deze manier is het gemakkelijker omdat niemand tussenbeide kan komen. Hij laat een kleine groep helpers hier om te gaan vissen wanneer hij het bevel ertoe geeft.' Ze wierp een blik op me. 'Hij had je veel eerder kunnen redden. In het heden zijn pas twee jaar verstreken. Hij had de macht je toen uit het Meer te halen, maar hij wilde je straffen. Jouw offer gooide zijn plannen in de war. Hij haat je daarom, ook al ben je zijn zoon. Dat is de reden dat hij me vooruit stuurde naar dit moment in de tijd om je te helpen. In deze toekomst heeft jouw ziel talloze generaties lang pijn geleden. Hij wilde dat je de pijn voelde van een bijna eeuwigdurende gevangenschap en misschien krankzinnig werd zodat je niet gered zou kunnen worden.'

'Mooi,' gromde ik sarcastisch. Toen vernauwde ik mijn ogen iets. 'Als hij dat vindt, waarom word ik dan alsnog gered?'

'Dat zal snel duidelijk worden,' zei Evanna.

We liepen een heel eind weg bij het Meer. De lucht om ons heen werd koud toen de zon onderging. Evanna zocht naar een bepaalde plek, bleef elke paar seconden staan om de grond te bestuderen en liep daarna verder. Ten slotte vond ze wat ze zocht. Ze kwam tot stilstand en blies zacht in de stoffige grond. Er volgde een rommelend geluid, daarna spleet de grond onder onze voeten open en de ingang van een tunnel werd zichtbaar. Ik kon maar een paar meter naar beneden zien, maar ik voelde gevaar.

'Vertel me niet dat we hier naar beneden moeten,' mompelde ik.

'Dit is de toegang tot het bolwerk van vader,' zei ze.

'Het is donker.' Ik vertraagde.

'Ik zal voor licht zorgen,' beloofde ze en ik zag dat haar beide handen zacht gloeiden en een vaag wit licht een paar meter voor haar uit wierpen. Ze keek me ernstig aan. 'Blijf beneden dicht bij me. Ga niet uit mijn buurt.'

'Word ik gepakt door meneer Tiny als ik het doe?' vroeg ik.

'Geloof het of niet, maar er zitten daar ergere monsters dan vader,' zei ze. 'We zullen er een paar passeren.

Als ze jou in handen krijgen, zullen jouw duizenden jaren van kwelling in het Dodenmeer daarbij vergeleken op een aangenaam uur op het strand lijken.'

Ik betwijfelde het, maar de dreiging was sterk genoeg om ervoor te zorgen dat ik dicht in de buurt van de heks bleef toen ze door de tunnel begon te lopen. Die liep af in een gelijkmatige hoek van dertig graden. De vloer en wanden waren glad en gemaakt van wat leek op solide rots. Maar in de rots bewogen vormen: verminkte, onmenselijke, uitgerekte vormen, alleen schaduw, klauwen, tanden en tentakels. De wanden bolden naar buiten als we langsliepen en de wezens die erin gevangen zaten reikten naar ons. Maar geen kon erdoorheen breken.

'Wat zijn dat?' vroeg ik schor. Ik zweette zowel door angst als door de droge warmte van de tunnel.

'Wezens van de universele chaos,' antwoordde Evanna. 'Ik heb je eerder over hen verteld – dat zijn de monsters waarover ik het heb gehad. Ze zijn familie van vader, hoewel hij niet zo machtig is als zij. Ze zijn opgesloten door een reeks tijdelijke en ruimtelijke wetten, de wetten van het universum waarnaar vader en ik leven. Als we ooit de wetten overschrijden, zullen deze wezens bevrijd worden. Ze zullen het universum veranderen in een hel naar eigen believen. Alles zal eraan ten onder gaan. Ze zullen elke tijdzone binnenvallen en elk sterfelijk wezen kwellen dat ooit is geboren – voor altijd.'

'Daarom werd je zo kwaad toen je erachter kwam dat ik de zoon was van meneer Tiny,' zei ik. 'Jij dacht dat hij de wetten had overtreden.'

'Ja. Ik had het verkeerd, maar het was kantje boord. Ik betwijfel het of hij zelfs zeker was van het succes van zijn plan. Toen hij Hibernius en mij had verwekt, wisten we van de wetten en we gehoorzaamden eraan. Als hij het met jou fout had – als hij jou meer macht had gegeven dan hij bedoeld had, zou je zonder het te weten de wetten hebben kunnen overtreden en de ondergang hebben bewerkstelligd van alles wat we kennen en liefhebben.' Ze keek naar me om en grijnsde. 'Ik wed dat je nooit hebt geraden dat je zo belangrijk was voor de wereld?'

'Nee,' zei ik misselijk. 'En dat wilde ik ook nooit zijn.'

'Maak je geen zorgen,' zei ze en haar glimlach verzachte. 'Je haalde jezelf uit de vuurlinie toen je je liet vermoorden door Steve. Jij deed wat Hibernius en ik nooit voor mogelijk hebben gehouden: jij veranderde een wat leek onvermijdelijke toekomst.'

'Je bedoelt dat ik de komst van de Heer van het Duister heb verhinderd?' vroeg ik gretig. 'Daarom liet ik me door hem vermoorden. Ik zag het als de enige manier om het tegen te gaan. Ik wilde geen monster worden. Ik kon de gedachte niet verdragen dat ik de wereld zou vernietigen. Meneer Tiny had gezegd dat een van ons de Heer van het Duister zou worden, Maar ik dacht dat als we allebei dood waren...'

'Je hebt juist gedacht,' zei Evanna. 'Vader had de wereld tot een punt gebracht waarop er maar twee toekomsten mogelijk waren. Toen je Steve doodde én jezelf opofferde, verschenen er ineens weer tientallen mogelijke toekomsten. Ik zou het niet gedaan kunnen hebben – ik zou de wetten hebben overtreden als ik tussenbeide was gekomen – maar als mens kon jij dat.'

'Dus wat is er gebeurd sinds ik ben gestorven?' vroeg ik. 'Jij zei dat er twee jaar voorbij zijn gegaan. Hebben de vampiers de vampanezen verslagen en de Oorlog der Littekens gewonnen?'

'Nee,' zei Evanna terwijl ze haar lippen op elkaar kneep. 'De oorlog woedt nog voort. Maar er is een einde in zicht – een einde dat vader beslist niet zal verheugen. Overtuigende leiders proberen een vrede door te drukken, Vancha en Harkat Mulds aan de kant van de vampiers, Gannen Harst bij de vampanezen. Ze onderhandelen over een verdrag, bespreken de richtlijnen waarmee beide partijen kunnen leven. Ze worden bevochten door anderen – in beide clans zijn er velen die geen vrede willen – maar de stemmen van de rede zijn aan de winnende hand.'

'Het heeft dus gewerkt!' zei ik met open mond van verbazing. 'Als de vampiers en vampanezen vrede sluiten, zal de wereld gered zijn.'

'Misschien,' bromde Evanna. 'Het is niet zo vastomlijnd. Onder Steve hebben de vampanezen contact gehad met politieke en militaire leiders van de mensen. Ze beloofden hun een lang leven en macht in ruil voor hun hulp. Ze wilden een nucleaire en chemische oorlog beginnen met de bedoeling om de wereld en de overlevenden onder hun direct gezag te plaatsen. Dat kan nog steeds gebeuren.'

'Dan zullen we het moeten tegenhouden!' schreeuwde ik. 'We kunnen niet...'

'Rustig,' kalmeerde Evanna me. 'We proberen het te voorkomen. Daarom ben ik hier. Ik kan me niet al te zeer bemoeien met de zaken van de mensen, maar ik kan nu meer doen dan eerder en jouw handelingen hebben me ervan overtuigd dat ik tussenbeide moet komen. Hibernius en ik bleven altijd neutraal. We raakten niet betrokken bij de zaken van stervelingen. Hibernius wilde wel, maar ik was er fel tegen, bang dat we misschien de wetten zouden overtreden en daarmee de monsters zouden bevrijden.' Ze zuchtte. 'Dat was verkeerd. Het is zo nu en dan nodig risico's te nemen. Vader nam een risico in zijn poging verwoesting te creëren – en nu moet ik er één nemen in een poging om vrede te bewerkstelligen.'

'Waar heb je het over?' vroeg ik fronsend.

'De mens is geëvalueerd,' zei ze. 'Het heeft een eigen lotsbestemming, een groei naar iets moois, en dat wil vader ruïneren. Hij heeft de vampiers en vampanezen gebruikt om de mensen uit de koers te brengen, om steden in puinhopen te veranderen, om de mensen terug te storten in de donkere Middeleeuwen, zodat hij ze in zijn macht zou krijgen. Maar zijn plan mislukte. De clans van de nacht proberen zich nu weer te verenigen en gescheiden van de mens te leven en geen schade te berokkenen zoals ze in het verleden deden.

'Omdat de vampiers en vampanezen deel uitmaken van het heden, kan vader ze niet ongedaan maken. Hij zou terug kunnen keren naar het verleden en een ander ras kunnen creëren dat tegen hen gaat vechten, maar dat wordt moeilijk en tijdrovend. Hij heeft voor één keer de tijd tegen. Als hij de clans niet binnen het jaar of zo kan verdelen, is het onwaarschijnlijk dat het hem zal lukken de mens ten val te brengen waar hij zo naar hunkert. Ongetwijfeld zal hij in de toekomst iets nieuws bedenken om ze te vernietigen, maar voorlopig is de wereld veilig.'

Evanna pauzeerde. Ze had haar handen op haar gezicht gericht en die verlichtten haar gelaatstrekken. Ik had haar nog nooit zo peinzend gezien. 'Herinner je je nog het verhaal over hoe ik gemaakt ben?' vroeg ze. 'Natuurlijk,' zei ik. 'Een vampier – Corza Jarn – wilde dat vampiers wel kinderen konden krijgen. Hij achtervolgde meneer Tiny tot die toestemde in zijn wens, en door het bloed van Corza Jarn te mengen met dat van een zwangere wolvin en door iets van zijn magie op haar te gebruiken, verwekte hij jou en meneer Tall.'

'Dat was voor hem niet de enige reden om ons te creëren,' zei Evanna, 'maar het was een belangrijke reden. Ik kan kinderen van een vampier of vampanees dragen en die kunnen op hun beurt weer zelf kinderen krijgen. Maar elk kind van mij zal anders zijn dan de vader. Ze zullen iets van mijn krachten krijgen – niet allemaal – en ze zullen ook overdag kunnen leven. Ze zullen niet doodgaan door zonlicht.'

Ze keek me intens aan. 'Een nieuw soort wezens, een geavanceerd ras vampiers of vampanezen. Zou ik zulke kinderen nu baren, dan zouden de clans uit elkaar gedreven worden. De oorlogsstokers aan beide kanten zouden de kinderen gebruiken om nieuwe visies en gewelddadigheden op te wekken. Zou ik bijvoorbeeld een kind van een vampier krijgen, dan zouden de vampiers die tegen de vrede zijn het kind als hun verlosser binnenhalen en zeggen dat het hun was gestuurd om hen te helpen de vampanezen weg te vagen. Zelfs als de verstandigere vampiers de overhand hebben en de ruziezoekers weten te kalmeren, dan zouden de vampanezen bang zijn voor het kind en de plannen van de vampiers wantrouwen. Hoe kunnen ze over vrede onderhandelen als ze beseffen dat ze minder zijn dan de vampiers en altijd risico's zullen lopen?

De Oorlog der Littekens belooft ten einde te komen omdat beide kanten inzien dat die misschien wel eeuwig kan voortduren. Toen de Heer der Vampanezen en de vampiersjagers actief waren, wist iedereen dat de oorlog een voorbestemd einde had. Nu Steve en jij dood zijn, komt er misschien nooit een einde aan en vampier noch vampanees wil dat. Dus ze zijn bereid over vrede te praten.

Maar mijn kinderen zouden alles kunnen veranderen. Met de hernieuwde belofte van een overwinning – of voor de vampiers of voor de vampanezen, afhankelijk van wie ik kies als vader voor mijn kinderen – zou de oorlog voortduren. Tijdens het opgroeien van mijn kinderen – en ze groeien snel, aangezien ze wezens zijn met een bepaalde hoeveelheid magie – worden ze gevoed met haat en angst. Mettertijd worden ze krijgers en leiden ze hun clan naar een zege over de anderen – en het plan van vader valt weer op zijn plaats, een beetje later dan verwacht, maar verder intact.'

'Dan moet je ze niet krijgen!' riep ik uit. 'Meneer Tiny kan je niet verplichten?'

'Niet direct,' zei ze. 'Hij heeft me gedreigd en gepaaid sinds de nacht dat jij en Steve stierven. Maar hij heeft niet de macht mij te dwingen kinderen te krijgen.'

'Dan is het in orde.' Ik glimlachte zwakjes. 'Je krijgt geen kinderen en daarmee uit.'

'O, maar ik krijg ze wel,' zei Evanna en liet haar handen zakken zodat ze op haar buik schenen. 'Om eerlijk te zijn ben ik al zwanger.'

'Wat?' Ik ontplofte. 'Maar je zei net...'

'Ik weet het.'

'Maar als je...'

'Ik weet het.'

'Maar...'

'Darren!' snauwde ze. 'Ik. Weet. Het.'

'Waarom doe je het dan?' riep ik.

Evanna bleef staan om het uit te leggen. Zodra ze stilstond, maakten de wezens in de wanden sissend en grauwend aanstalten om met gestrekte klauwen en tentakels op ons af te komen. Het weefsel van de rots rekte uit. Evanna zag dit, beende weer verder en sprak onder het lopen.

'Ik vroeg Desmond jouw geest te bevrijden. Schuldgevoel bracht jou naar het Dodenmeer en zou je daar eeuwig hebben vastgehouden – er bestaat geen natuurlijke ontsnapping uit dat Meer der verdoemden. Maar redding is mogelijk. Zielen kunnen opgevist worden. Wetend dat je mijn halfbroer was, voelde ik het aan mijn eer verplicht je te bevrijden.'

'En Steve dan?' vroeg ik. 'Hij was ook jouw halfbroer.'

'Steve verdient zijn gevangenis.' Haar ogen stonden hard. 'Ik heb medelijden met hem, aangezien hij tot op zekere hoogte slachtoffer was van de bemoeizucht van vader. Maar de slechtheid van Steve was in de eerste plaats iets van hemzelf. Hij koos zijn weg en moet nu de consequenties dragen. Maar jij probeerde goed te doen. Het was niet eerlijk dat jij in het Dodenmeer zou wegrotten, dus ik vroeg vader te helpen.' Ze grinnikte. 'Ik hoef niet te zeggen dat hij weigerde. Hij kwam een paar maanden geleden naar me toe,' vervolgde ze. 'Hij besefte dan zijn plannen aan diggelen waren en zag in mij zijn enige redding. Sinds jouw dood heeft hij voortdurend geprobeerd me ervan te overtuigen kinderen te krijgen, met net zo veel succes als ik had toen ik probeerde jou vrij te krijgen. Maar deze keer had hij een nieuwe aanpak. Hij zei dat we elkaar konden helpen. Als ik een kind kreeg, zou hij jouw ziel vrijmaken.'

'Heb je erin toegestemd?' brulde ik. 'Je hebt de wereld verraden alleen maar om mij te helpen?'

'Natuurlijk niet,' gromde ze.

'Maar je zei dat je zwanger was.'

'Ik ben zwanger.' Ze keek achterom naar mij en grijnsde sluw. 'Mijn eerste gedachte was het aanbod van vader af te slaan. Maar toen zag ik een manier om het in ons voordeel te gebruiken. Er is nog steeds geen garantie voor een vredelievende regeling tussen de vampiers en vampanezen. Het ziet er veelbelovend uit, maar is beslist niet zeker. Als praten niet lukt, zou de oorlog kunnen voortduren en dat speelt vader in de kaart. Hij zou tijd krijgen om terug te gaan naar het verleden en een nieuwe leider te creëren die de draad zou kunnen oppakken waar Steve die liet liggen.

Ik zat hieraan te denken toen Desmond zijn plan aan me voorlegde. Ik herinnerde me de manier waarop jij hem in de luren hebt gelegd en vroeg me af wat jij in mijn plaats zou doen. Toen, in een flits, zag ik het.

Ik accepteerde zijn voorstel, maar vertelde hem dat ik niet wist of ik een kind van een vampier of van een vampanees wilde dragen. Hij zei dat het niets uitmaakte. Ik vroeg of ik kon kiezen. Hij zei ja. Dus ik bracht wat tijd met Gannen Harst door, daarna met Vancha March. Toen ik terugkeerde naar vader, vertelde ik hem dat ik had gekozen en zwanger was. Hij was zo opgetogen dat hij zelfs niet klaagde toen ik weigerde te zeggen wie de vader was – hij regelde snel dat ik hierheen werd gestuurd om jou te bevrijden, zodat we zonder dralen verder konden gaan.'

Ze hield op met praten en wreef met haar handen over haar buik. Ze had nog steeds die vreemde verlegen glimlach op haar gezicht.

'Dus van wie is het?' vroeg ik. Ik zag niet in welk verschil het uitmaakte, maar ik was nieuwsgierig naar het antwoord.

'Van allebei,' zei ze. 'Ik krijg een tweeling: een van Vancha en een van Gannen.'

'Een vampierskind én een vampanezenkind!' riep ik opgewonden.

'Meer dan dat,' zei Evanna. 'Ik heb ervoor gezorgd dat de drie bloedlijnen met elkaar vermengd raken. Elk kind is voor een derde vampier, een derde vampanees en een derde van mij. Zo heb ik vader een loer gedraaid. Hij had gedacht dat elk kind van mij de clans uit elkaar zou drijven, maar in plaats daarvan brengen ze die dichter bij elkaar. Mijn kinderen zullen, als ze er klaar voor zijn, zich mengen met andere vampiers en vampanezen en een nieuwe multi-raciale clan vormen. Alle verdeling zal worden uit-gewist en uiteindelijk vergeten.

Wij zullen voor vrede zorgen, Darren, in weerwil van vader. Dat heb jij me geleerd: we hoeven het nood-lot, of Des Tiny, niet te accepteren. We kunnen onze eigen toekomst maken, wij allemaal. We hebben de macht om over ons eigen leven te heersen; je moet alleen de keuze maken die macht te gebruiken. Jij koos toen je je leven opofferde. Nu heb ik ook geko-zen, door leven te geven. Slechts de tijd zal leren waartoe onze keuzes hebben geleid, maar ik weet ze-ker dat welke toekomst er ook komt, die beter zal zijn dan die vader voor ogen had.'

'Amen,' mompelde ik en volgde haar zwijgend verder door de tunnel, denkend aan de toekomst en alle ver-rassingen en wendingen die die mocht inhouden. Mijn hoofd zoemde van de gedachten en ideeën. Ik had zo-veel zo snel over me heen gekregen dat ik me erdoor overweldigd voelde en niet wist wat ik van alles moest denken. Maar één ding wist ik zeker: als meneer Ti-ny erachterkwam wat er met Evanna's baby's aan de hand was, zou hij nagenoeg exploderen van woede.

Toen ik daaraan dacht en het gezicht van de gemene kleine bemoeial zag als hij het nieuws hoorde, barst-te ik in lachen uit. Evanna lachte ook en het lachen bleef een eeuwigheid bij ons, volgde ons door de tun-nel als een troep klokkende hennen en werkte bijna als een beschermende spreuk tegen de rijen gevan-gen, eeuwig bewegende, eeuwig tastende monsters in de wanden.

Ongeveer een uur later eindigde de tunnel en stapten we het huis van Desmond Tiny binnen. Ik had er
nooit echt over nagedacht dat hij een huis had. Ik had
gewoon aangenomen dat hij over de hele wereld dool-
de, altijd in beweging was, strevend naar chaos en
oorlog. Maar nu ik erover nadacht, besefte ik dat elk
monster een eigen hol moest hebben en meneer Tiny
was wel het vreemdste monster van allemaal.

Het was een enorme – en ik bedoel echt enorme –
grot, misschien wel een paar kilometer breed en hij
strekte zich naar achteren uit zo ver het oog reikte.
Een groot deel van de grot was natuurlijk, en bestond
uit stalagmieten en stalactieten, watervallen, prach-
tig vreemde rotskleuren en steenformaties. Maar nog
meer was ongelooflijk onnatuurlijk.

Er waren prachtige oude auto's uit wat ik giste de jaren '20 en '30 van de twintigste eeuw die in de lucht
boven ons hoofd zweefden. Eerst dacht ik dat ze met
kabels aan het plafond hingen, maar ze waren voortdurend in beweging, ronddraaiend, elkaar kruisend,
zelfs loopings makend als vliegtuigen en er was geen
kabel te zien.

Overal stonden etalagepoppen, gehuld in kleding uit

elke eeuw en elk werelddeel, van een primitieve len-
dendoek tot aan de meest extravagante moderne mo-
deaccessoires. De uitdrukkingsloze ogen maakten me
onrustig – ik kreeg het gevoel dat ze naar me keken
en op het commando van meneer Tiny tot leven zouden komen om boven op me te springen.

Er waren schilderijen en beeldhouwwerken waarvan
sommige zo beroemd waren dat zelfs een cultuurbar-
baar als ik ze herkende: De *Mona Lisa, De Denker,
Het laatste avondmaal*. Ertussendoor, tentoongesteld
als kunstvoorwerpen, stonden tientallen hersenen die
werden bewaard in glazen stolpen. Ik las een paar eti-
ketten: BEETHOVEN, MOZART, WAGNER, MAHLER. (Dat deed
me schrikken; ik was naar een school geweest die het
Mahler heette!)

'Vader houdt van muziek,' fluisterde Evanna. 'Zoals
mensen bladmuziek of grammofoonplaten sparen...'
Ze had duidelijk nog niet over cd's gehoord. '... verzamelt hij de hersenen van componisten. Door ze aan
te raken kan hij luisteren naar alle muziek die ze ooit
hebben gecomponeerd, plus nog heel veel wat ze niet
hebben afgemaakt of uitgegeven.'

'Maar waar haalt hij ze vandaan?' vroeg ik.

'Hij reist naar het verleden als ze net zijn overleden
en rooft de graven leeg,' zei ze, alsof het de normaal-
ste zaak van de wereld was. Ik wilde haar vragen naar
het goed en fout van zoiets, maar er waren belangrij-
kere zaken aan de orde, dus ik zweeg.

'Hij houdt ook van kunst, neem ik aan,' zei ik toen,
knikkend naar een bloemenschilderij van Van Gogh.

'Enorm,' zei Evanna. 'Dit zijn natuurlijk allemaal de

originelen – hij wil niets te maken hebben met kopieën.'

'Onzin,' snoof ik. 'Die kunnen niet echt zijn. Een paar
van die schilderijen heb ik in het echt gezien. Mam
en pap...' Ik zag mijn menselijke vader nog steeds als
mijn echte vader en zou het altijd doen. '... hebben
me een keer meegenomen naar het Loo om de *Mona
Lisa* te zien.'

'Het Louvre,' corrigeerde Evanna me. 'Dat is een kopie. Een paar van de Kleine Mensen van vader zijn
samengesteld uit de zielen van kunstenaars. Die maken perfecte kopieën van werken die hij heel erg be-
wondert. Dan glipt hij terug naar het verleden en ruilt
de kopie tegen het origineel. In de meeste gevallen
kan zelfs de schilder het verschil niet zien.'

'Je vertelt me dat de *Mona Lisa* in Parijs vals is?' vroeg
ik sceptisch.

'Ja.' Evanna lachte door de uitdrukking op mijn gezicht. 'Vader is een zelfzuchtig mens. Hij houdt altijd
het beste voor zichzelf. Hij neemt wat hij wil hebben
– en gewoonlijk wil hij van alles het beste hebben. Behalve boeken.' Haar stem werd scherp, zoals eerder
toen ze het over zijn houding tegenover boeken had.
'Desmond leest nooit fictie. Hij verzamelt geen boeken
en besteedt geen enkele aandacht aan schrijvers. Ho-
merus, Chaucer, Shakespeare, Dickens, Tolstoy, Twain,
die zijn allemaal onopgemerkt aan hem voorbijgegaan.
Het kan hem niet schelen wat zij te zeggen hebben.
Hij heeft niets met de wereld van de literatuur. Het is
alsof die in een afzonderlijk universum bestaat.'

Weer zag ik er de zin niet van in waarom ze me dit

vertelde, dus ik liet mijn belangstelling de vrije loop. Ik ben nooit een grote kunstliefhebber geweest, maar zelfs ik was onder de indruk van wat ik hier zag. Het was de ultieme verzameling, die zo'n beetje een stukje van alle artistieke wonderen en verbeelding omvatte van wat de mens heeft weten voort te brengen. Er was veel te veel te zien voor één persoon. Wapens, sieraden, speelgoed, gereedschap, postzegelalbums, flessen kwaliteitswijnen, eieren van Fabergé, staande klokken, zalen met meubels, tronen van koningen en koninginnen. Veel ervan was kostbaar, maar er stonden voldoende waardeloze prullen, dingen die meneer Tiny hadden aangesproken, zoals flessenhalzen, vreemd gevormde ballonnen, digitale horloges, een verzameling lege ijsbakken, duizenden fluitjes, honderdduizenden munten (oude vermengd met splinternieuwe) enzovoort. De schatkamer in *Aladdin* lijkt in verhouding een uitdragerij.

Hoewel de grot volgepakt was met alle soorten wonderen en rariteiten, voelde het niet volgepakt aan. Er was voldoende ruimte om rond te lopen en te kijken. We liepen door de diverse verzamelingen en kunstvoorwerpen, terwijl Evanna zo nu en dan bleef staan om te wijzen op een bijzonder interessant stuk – de verkoolde brandstapel waarop Jeanne d'Arc was verbrand, het pistool waarmee Lincoln was doodgeschoten, het eerste wiel.

'Historici zouden hier gek worden,' merkte ik op. 'Brengt meneer Tiny ooit iemand hier?'

'Bijna nooit,' zei Evanna. 'Dit is zijn privé-heiligdom. Ik ben hier zelf maar een paar keer geweest. De uitzonderingen zijn degenen die hij uit het Dodenmeer haalt. Hij moet ze hier naartoe brengen om ze in Kleine Mensen te veranderen.'

Ik bleef staan toen ze dat zei. Ik kreeg plotseling een voorgevoel. 'Evanna...,' begon ik. Maar ze schudde haar hoofd.

'Stel geen vragen meer,' zei ze. 'Desmond zal je de rest uitleggen. Het duurt niet lang meer.'

Minuten later bereikten we wat aanvoelde als het centrum van de grot. Er was een klein bassin met groene vloeistof, een stapel blauwe kledingstukken en ernaast stond meneer Tiny. Hij keek me wrang aan door de dikke glazen van zijn bril.

'Nou, nou,' zei hij lijzig, terwijl hij zijn duimen achter zijn bretels haakte. 'Als dit niet de jonge martelaar zelf is. Heb je nog iemand interessants ontmoet in het Dodenmeer?'

'Negeer hem,' zei Evanna vanuit haar mondhoek.

Meneer Tiny waggelde naar voren en bleef op een paar meter afstand van me staan. Zijn ogen leken van zo dichtbij als vuur te dansen. 'Als ik had geweten wat voor lastpak je zou worden, zou ik je nooit verwekt hebben,' siste hij.

'Te laat,' zei ik honend.

'Nee, nog niet,' zei hij. 'Ik zou terug kunnen gaan en je uit het verleden kunnen wissen, ervoor zorgen dat je nooit hebt geleefd. Het universum zou je vervangen. Iemand anders zou de jongste Vampiersprins ooit worden, jagen op de Heer der Vampanezen, enzovoort. Maar jij zou nooit hebben bestaan. Je ziel zou niet alleen vernietigd worden: hij zou niet ontstaan zijn.'

'Vader,' zei Evanna waarschuwend, 'je weet dat je dat niet gaat doen.'

'Maar ik zou het kunnen,' hield meneer Tiny aan.

'Ja,' zei ze afkeurend, 'maar je doet het niet. We hebben een overeenkomst. Ik heb mijn woord gehouden. Nu is het jouw beurt.'

Meneer Tiny mompelde iets onaangenaams, dwong zich toen tot een valse glimlach. 'Goed dan. Ik ben een man van mijn woord. Laten we verdergaan. Darren, ellendige jongen, doe die deken weg en spring in het bassin.' Hij knikte naar de groene vloeistof.

'Waarom?' vroeg ik stijfjes.

'Het wordt tijd je te veranderen.'

Een paar minuten eerder zou ik niet hebben geweten waarover hij het had. Maar de hint van Evanna had me hierop voorbereid. 'Je wilt me veranderen in een Kleine Mens, hè?' zei ik.

Meneer Tiny's lippen vertrokken. Hij keek Evanna woedend aan, maar ze trok onschuldig haar schouders op. 'Echt een kleine alweter, hè?' blies hij, walgend dat ik zijn kleine verrassing had verpest.

'Hoe werkt het?' vroeg ik.

Meneer Tiny liep naar het bassin en hurkte ernaast neer. 'Dit is de soep van de schepping,' zei hij terwijl hij met een vinger door de dikke groene vloeistof ging. 'Het zal je bloed worden, de brandstof waarop je nieuwe lichaam draait. Als je erin stapt, zullen je botten kaal gestript worden. Je vlees, brein, organen en ziel zullen oplossen. Ik meng alles en bouw een nieuw lichaam op uit de troep.' Hij grijnsde. 'Zij die het meegemaakt hebben, vertellen me dat het een enorm angstaanjagende, pijnlijke procedure is, het ergste wat ze ooit hebben meegemaakt.'

'Waarom denk je dat ik daarmee instem?' vroeg ik strak. 'Ik heb gezien hoe jouw Kleine Mensen leven, geestloos, stemloos, niet in staat zich hun oorspronkelijke identiteit te herinneren, slaaf van jouw grillen, die het vlees van dode dieren eten – zelfs van mensen! Waarom zou ik mezelf op die manier aan je bezwering onderwerpen?'

'De afspraak met mijn dochter gaat niet door als je het niet doet,' zei meneer Tiny eenvoudig.

Ik schudde koppig mijn hoofd. Ik wist dat Evanna probeerde meneer Tiny te slim af te zijn, maar ik zag niet in waarom dit nodig was. Hoe zou ik kunnen helpen vrede te stichten tussen de vampiers en vampanezen als ik een enorme hoeveelheid pijn moest ondergaan en een Kleine Mens moest worden? Dat sloeg nergens op.

Alsof ze mijn gedachten las, zei Evanna zacht: 'Dit is voor jou, Darren. Het heeft niets te maken met wat er gebeurt in het heden, of met de Oorlog der Littekens. Dit is jouw enige hoop om te ontkomen aan het Dodenmeer en naar het paradijs te gaan. Je kunt een volledig leven leiden in deze verloren wereld en terugkeren naar het Meer als je sterft. Of je kunt ons vertrouwen en jezelf in handen van vader leggen.'

'Ik vertrouw jou,' zei ik tegen Evanna, terwijl ik meneer Tiny met een scheve blik aankeek.

'O, jongen, als je alleen al wist hoeveel pijn dat deed,' zei meneer Tiny met een akelig glimlachje. 'Genoeg getreuzeld. Je doet dit wel of niet. Maar let op, dochter: door het aanbod heb ik voldaan aan mijn gedeelte van de afspraak. Als de jongen weigert jouw advies op te volgen, is hij zelf verantwoordelijk. Ik verwacht dat je je aan je woord houdt.'

Evanna keek me vragend aan zonder druk op me uit te oefenen. Ik dacht er lang over na. Ik haatte het idee een Kleine Mens te worden. Het was niet zozeer de pijn als wel het feit dat meneer Tiny mijn meester werd. En als Evanna nu eens loog? Ik had gezegd dat ik de heks vertrouwde, maar terugdenkend besefte ik dat er maar heel weinig reden was om haar te vertrouwen. Ze had haar vader nooit eerder bedrogen, of iets gedaan ten bate van een individu. Waarom nu wel? Misschien was dit een ingewikkeld plan om mij in de val te lokken en spande ze samen met meneer Tiny, of was ze hem met een truc van dienst? Dit hele gedoe stonk naar een val.

Maar welke andere optie had ik? Evanna negeren, weigeren in het bassin te stappen en weglopen? Zelfs als meneer Tiny me liet vertrekken en de monsters in de tunnel me niet te pakken kregen, wat had ik om naar uit te kijken? Een leven uitdienen in een wereld vol draken, gevolgd door een eeuwigheid in het Dodenmeer, was niet mijn idee van een leuke tijd. Uiteindelijk besloot ik dat het beter was de gok te wagen en er maar het beste van te hopen.

'Goed,' zei ik aarzelend. 'Maar op één voorwaarde.'

'Jij bent niet in de positie om voorwaarden te stellen,' gromde meneer Tiny.

'Misschien niet,' gaf ik toe, 'maar ik stel er toch één. Ik doe het alleen als je me een vrij geheugen garandeert. Ik wil niet eindigen zoals Harkat, dat ik niet meer weet wie ik ben en je bevelen opvolg omdat ik geen eigen vrije wil heb. Ik weet niet wat je met mij van plan bent als ik eenmaal een Kleine Mens ben, maar als het betekent dat ik als een van je leeghoofdige slaven jou moet dienen...'

'Dat is niet zo,' onderbrak meneer Tiny me. 'Ik geef toe, het idee dat je me een paar miljoen jaar zult moeten vleien, bevalt me heel erg, maar mijn dochter was zeer precies toen het om de voorwaarden van onze afspraak ging. Je zult niet kunnen praten, maar dat is de enige beperking.'

'Waarom zal ik niet kunnen praten?' Ik fronste mijn voorhoofd.

'Omdat ik ziek word van het luisteren naar jou!' blafte meneer Tiny. 'Bovendien hoef je niet te praten. De meesten van mijn Kleine Mensen doen het niet. Niet kunnen praten heeft niemand van de anderen enig kwaad gedaan en het zal jou ook geen kwaad doen.'

'Goed,' mompelde ik. Het beviel me niet, maar ik zag dat het geen zin had erover te twisten. Ik stapte naar de rand van het bassin, schudde de deken van me af die de Kleine Mens om me heen had geslagen direct nadat ik uit het Dodenmeer was gekomen. Ik staarde naar de donkergroene vloeistof. Ik zag mijn weerspiegeling erin. 'Wat...' begon ik te vragen.

'Geen tijd voor vragen!' schreeuwde meneer Tiny en gaf me een harde por met een elleboog. Ik wankelde een ogenblik met zwaaiende armen op de rand van het bassin, viel toen in wat aanvoelde als de knetterende vuren van de hel.

17

Meteen doodspijn en een gevoel van verbranding. Mijn vlees borrelde en raakte kokend los. Ik probeerde te gillen, maar mijn lippen en tong waren al verdwenen. Mijn ogen en oren smolten. Geen ander gevoel meer dan pijn.

De vloeistof schraapte het vlees van mijn botten, begon daarna aan het merg binnenin. Vervolgens brandde het verder naar mijn ingewanden en verteerde me van binnenuit. In mijn hoofd knetterde mijn brein als een stukje boter in een verhitte koekenpan en smolt net zo snel. Mijn linkerarm – alleen nog maar bot – kwam los van mijn lichaam en dreef weg. Die werd snel gevolgd door mijn rechteronderbeen. Daarna viel ik helemaal uit elkaar, ledematen, verkoolde organen, kleine reepjes vlees, kale stukken bot. Het enige wat constant bleef, was de pijn die geenszins minder werd.

Midden in dit lijden kwam een moment van spirituele rust. Met wat er nog restte van mijn brein werd ik me bewust van een scheiding. Er was nog iets anders aanwezig in het bassin. Eerst raakte ik verward, maar toen besefte ik dat het een sprankje was van de ziel van Sam Crest dat ik had meegedragen sinds ik zijn bloed had gedronken op het moment van zijn dood. Sam was vele jaren eerder naar het paradijs overgegaan en nu verliet het laatste flintertje van zijn geest ook deze wereld. In mijn geestesoog vormde zich in de vloeistof een gezicht, jong en zorgeloos, lachend ondanks de kwelling, die een ingelegde augurk in zijn mond stak. Sam gaf me een knipoog. Een spookachtige hand salueerde. Toen was hij verdwenen en was ik ten slotte helemaal alleen.

Uiteindelijk nam de pijn af. Ik was volledig opgelost. Er waren geen pijnsensoren meer die gevoelens konden overdragen en geen hersencellen meer om die te registreren. Een vreemde rust daalde neer. Ik was één geworden met het bassin. Mijn atomen hadden zich vermengd met de vloeistof en de twee waren nu één. Ik wás de groene vloeistof. Ik kon de holle botten van mijn lichaam naar de bodem van het bassin voelen zinken waar ze tot rust kwamen.

Enige tijd later werden handen – die van meneer Tiny – in de vloeistof gedompeld. Hij bewoog zijn vingers en een huivering kroop langs de herinnering van mijn ruggengraat omhoog. Hij pakte de botten van de bodem, waarbij hij er nauwgezet voor zorgde er geen over het hoofd te zien, en gooide die op de vloer van de grot. De botten waren bedekt met moleculen van de vloeistof – moleculen van míj – en via die moleculen voelde ik meneer Tiny de botten weer aan elkaar zetten, na ze in kleine stukjes te hebben gebroken, sommige smolt hij samen, andere boog of verdraaide hij, waarmee hij een geraamte creëerde dat geheel anders was dan mijn eerdere vorm.

Meneer Tiny werkte uren aan het lichaam. Toen hij alle botten geplaatst had, pakte hij ze vol organen – brein, hart, lever, nieren – bedekte ze daarna met stukken klam, grijs vlees, die hij samennaaide om de organen en botten op hun plaats te houden. Ik weet niet waar de organen en het vlees vandaan kwamen. Misschien kweekte hij die zelf, maar het lijkt me waarschijnlijker dat hij die oogstte van andere wezens, misschien wel van dode mensen.

Meneer Tiny eindigde met de ogen. Ik voelde hem de bollen verbinden met mijn hersenen en zijn vingers werkten op lichtsnelheid, met alle precisie van de beste chirurgen ter wereld. Het was een ongelooflijk kunstzinnige onderneming, één waaraan zelfs dr. Frankenstein in de verste verte niet zou kunnen tippen.

Toen hij eenmaal klaar was met het lichaam, stak hij zijn vingers weer in de vloeistof van het bassin. Deze keer waren de vingers koud en ze werden met het moment kouder. De vloeistof begon te condenseren en werd dikker. Er was geen pijn. Het was alleen maar vreemd, alsof ik bij mezelf naar binnen gedrukt werd. Toen de vloeistof nog maar een fractie van het volume had van ervoor, met de samenstelling van een dikke milkshake, haalde meneer Tiny zijn handen weg en werden er slangetjes ingestoken. Er volgde een korte pauze, daarna een afzuigen van de slangen en ik voelde mezelf erdoorheen vloeien, uit het bassin in... wat? ... geen slangetjes zoals die in het bassin waren gestoken, maar zo ongeveer...

Natuurlijk – aderen. Meneer Tiny had me verteld dat

de vloeistof zou dienen als mijn brandstof – mijn bloed. Ik verliet de beperkingen van het bassin voor de vlezige begrenzingen van mijn nieuwe lichaam.

Ik voelde mezelf de leemtes opvullen, me langzaam maar zeker door het netwerk aan aderen en slagaderen spoelen. Toen de vloeistof de hersenen bereikte en er langzaam in doordrong, geabsorbeerd werd door de koude, grijze cellen, keerden de lichamelijke zintuigen terug. Ik werd me als eerste bewust van mijn hartslag, langzaam en zwaarder dan ervoor. Er ging een tinteling door mijn handen en voeten, daarna omhoog langs mijn nieuw gemaakte ruggengraat. Ik vertrok mijn vingers en tenen. Bewoog heel licht een arm. Schudde zacht een been. De ledematen reageerden niet zo snel als mijn oude ledematen hadden gedaan, maar dat kwam misschien alleen maar omdat ik er nog niet aan gewend was.

Vervolgens kwam geluid, eerst een grof dreunend geluid, dat langzaam afnam om normale geluiden toe te laten. Maar de geluiden waren nu niet zo scherp als eerder – net als bij alle Kleine Mensen waren mijn oren onder de huid van mijn hoofd genaaid. Het horen werd snel gevolgd door een vaag idee van zicht – maar geen geur of tastzin, aangezien – weer, in overeenstemming met alle creaties van meneer Tiny – ik zonder neus was gemaakt.

Mijn zicht verbeterde toen steeds meer bloed naar mijn nieuwe hersenen werd gepompt. De wereld zag er anders uit door deze ogen. Ik had een breder blikveld dan vroeger, aangezien mijn ogen groter en ronder waren. Ik zag meer, hoewel door een iets groene waas, alsof ik door een filter keek.

Het eerste waar ik mijn blik op richtte was meneer Tiny die nog steeds bezig was met mijn lichaam, de slangetjes controleerde, de laatste stiksels aanbracht en mijn reflexen testte. Hij had de blik van een liefhebbende, toegewijde vader.

Vervolgens zag ik Evanna die haar vader nauwgezet in de gaten hield om er zeker van te zijn dat hij geen trucs uithaalde. Van tijd tot tijd reikte ze hem als een verpleegster naald en draad aan. Haar gezichtsuitdrukking was er een van wantrouwen en trots. Evanna kende alle tekortkomingen van meneer Tiny, maar ze bleef zijn dochter en ik zag nu dat ze ondanks haar twijfel van hem hield – tot op zekere hoogte.

Ten slotte was de transformatie compleet. Meneer Tiny verwijderde de slangetjes – ze zaten overal, in mijn armen, benen, lichaam, hoofd – en sloot de gaten door ze dicht te naaien. Hij bekeek me een laatste keer, vond een plek waar ik lekte, corrigeerde iets bij mijn ooghoeken en controleerde mijn hartslag. Toen deed hij een stap achteruit en gromde: 'Weer een perfecte creatie, al zeg ik het zelf.'

'Ga rechtop zitten, Darren,' zei Evanna. 'Maar langzaam. Haast je niet.'

Ik deed wat ze zei. Een golf van duizeligheid spoelde over me heen toen ik mijn hoofd ophief, maar die ging snel voorbij. Ik duwde me langzaam omhoog, pauzeerde steeds als ik me duizelig of misselijk voelde. Ten slotte zat ik rechtop en ik kon mijn lichaam bestuderen, de brede handen en voeten, de dikke ledematen en de dofgrijze huid. Ik merkte dat ik net als Harkat niet volledig mannelijk of vrouwelijk was, maar iets ertussenin. Als ik had kunnen blozen, zou ik dat gedaan hebben.

'Ga staan,' zei meneer Tiny, terwijl hij in zijn handen spoog en die over elkaar heen wreef, gebruikmakend van zijn speeksel om zich te wassen. 'Loop rond. Test jezelf. Het duurt niet zo lang voor je aan je nieuwe vorm gewend bent. Ik ontwerp mijn Kleine Mensen zo dat ze direct in actie kunnen komen.'

Met hulp van Evanna ging ik staan. Ik zwaaide onvast op mijn benen, maar vond snel mijn evenwicht. Ik was gedrongener en zwaarder dan ik geweest was. En ik had gemerkt toen ik lag dat mijn ledematen niet zo snel reageerden als ze ooit hadden gedaan. Ik moest me heel erg concentreren om mijn vingers te krommen of om een stap naar voren te doen.

'Rustig aan,' zei Evanna toen ik me probeerde om te draaien en bijna achterover in het nu lege bassin viel. Ze ving me op en hield me vast tot ik weer in balans was. 'Langzaam, steeds een klein beetje. Het duurt niet zo lang – gewoonlijk vijf of tien minuten.' Ik probeerde een vraag te stellen, maar er kwam geen geluid. 'Je kunt niet praten,' herinnerde Evanna me. 'Je hebt geen tong.'

Langzaam bracht ik een korte dikke arm omhoog en wees met een vinger naar mijn hoofd. Ik keek Evanna aan met mijn grote, groene ogen en probeerde mentaal mijn vraag te stellen. 'Jij wilt weten of we mentaal kunnen communiceren,' zei Evanna. Ik knikte met mijn halsloze hoofd. 'Nee. Je bent niet ontworpen met die vaardigheid.'

'Je bent een basismodel,' viel meneer Tiny haar bij. 'Je zult er niet zo lang zijn, dus het is zinloos je uit te rusten met een hoeveelheid onnodige extra's. Je kunt denken en bewegen, meer hoef je niet te doen.'

De eropvolgende minuten leerde ik mijn nieuwe lichaam kennen. Er waren geen spiegels in de buurt, maar ik zag een grote, zilveren schaal waarin ik mijn weerspiegeling kon bekijken. Ik hobbelde erheen en nam me mezelf met een kritische blik op. Ik was misschien een meter veertig lang en negentig centimeter breed. Mijn stiksels waren niet zo keurig als die van Harkat en mijn ogen waren niet precies op één lijn, maar verder waren we niet zo heel erg verschillend. Toen ik mijn mond opende zag ik dat ik niet alleen een tong miste, maar ook tanden. Ik draaide me voorzichtig naar Evanna om en wees op mijn tandvlees.

'Je hoeft niet te eten,' zei ze.

'Je leeft niet lang genoeg om je zorgen te maken over eten,' voegde meneer Tiny eraan toe.

Mijn nieuwe maag draaide om toen hij dat zei. Ik was in de luren gelegd. Het wás een val en ik was erin getrapt. Als ik had kunnen praten, zou ik mezelf vervloekt hebben dat ik zo dwaas was geweest.

Maar toen, terwijl ik zocht naar een goed wapen om mezelf mee te verdedigen, lachte Evanna overtuigd. 'Vergeet niet waarom we dit hebben gedaan, Darren, het is om je ziel te bevrijden. We hadden je een heel nieuw leven kunnen geven als Kleine Mens, maar dat zou de zaken alleen maar ingewikkeld hebben gemaakt. Het is gemakkelijker op deze manier. Je moet ons vertrouwen.'

Ik voelde me niet zo vol vertrouwen, maar het was gebeurd. En Evanna zag er niet uit als iemand die voor de gek was gehouden of die zich verlustigde in een truc die ze met mij had uitgehaald. Ik zette de angst van verraad en gedachten aan vechten van me af en besloot kalm te blijven en te kijken wat het stel verder nog voor mij in petto had.

Evanna pakte de stapel kledingstukken op die naast het bassin had gelegen en kwam naar me toe. 'Ik heb deze eerder voor je gemaakt,' zei ze. 'Laat me je helpen ze aan te trekken.' Ik wilde aangeven dat ik mezelf kon aankleden, maar Evanna wierp me een blik toe die me tegenhield. Ze had haar rug naar meneer Tiny die de resten van het bassin bestudeerde. Terwijl zijn aandacht was afgeleid, trok ze de gewaden over mijn hoofd en armen. Ik besefte dat er een aantal dingen in de voering van de kleren zaten vastgenaaid.

Evanna keek me strak aan en een heimelijk begrip werd tussen ons overgedragen – ze vertelde me te doen alsof die objecten er niet waren. Ze was iets van plan waarvan ze niet wilde dat meneer Tiny het wist. Ik had geen idee wat ze in de kleren had kunnen verbergen, maar het moest belangrijk zijn geweest. Toen ik de kleren eenmaal aan had, hield ik mijn armen erbuiten langs mijn lichaam en probeerde niet te denken aan de heimelijke pakjes die ik bij me droeg voor het geval ik per ongeluk meneer Tiny alarmeerde.

Evanna bekeek me een laatste keer en riep toen: 'Hij is klaar, vader.'

Meneer Tiny kwam naderbij gewaggeld, snoof laatdunkend en gooide me toen een klein masker toe. 'Dat kun je maar beter voordoen,' zei hij. 'Je zult het waarschijnlijk niet nodig hebben, maar voor het geval dat.' Terwijl ik het masker voorbond, bukte meneer Tiny zich en trok een lijn in de grond van de grot. Hij deed een stap achteruit en greep zijn hartvormige horloge. Het uurwerk begon te gloeien en al snel gloeiden zijn handen en gezicht ook. Een paar momenten later ontstond er een doorgang uit de lijn op de grond die omhoog schoof tot een manshoge open doorgang. De ruimte tussen de deurposten had een grijze glans. Ik was zo'n poort eerder doorgegaan toen meneer Tiny Harkat en mij naar een wereld stuurde die de toekomst moest zijn (en nog steeds zou kunnen zijn als Evanna's plan mislukte).

Toen de doorgang klaar was, knikte meneer Tiny ernaar. 'Tijd om te gaan.'

Mijn ogen schoten naar Evanna. Ging ze met me mee? 'Nee,' zei ze in antwoord op mijn ongestelde vraag. 'Ik ga naar het heden door een andere deur. Deze gaat verder terug.' Ze bukte zich zodat we op gelijke hoogte kwamen. 'Dit is een vaarwel, Darren. Ik denk niet dat ik ooit de reis naar het paradijs zal maken, ik denk ook niet dat het daar bedoeld is voor lieden als ik, dus we zullen elkaar waarschijnlijk niet meer terugzien.'

'Misschien gaat hij ook niet naar het paradijs,' zei meneer Tiny honend. 'Misschien is zijn ziel wel voorbestemd voor de helse vuren beneden.'

Evanna glimlachte. 'We kennen niet alle geheimen van het hiernamaals, maar we hebben nog nooit enig bewijs van een hel gezien. Het Dodenmeer lijkt de enige plek waar de verdoemden uiteindelijk terechtkomen, en als ons plan werkt, zul je er niet terugkeren. Maak je geen zorgen – jouw ziel zal vrij wegvliegen.'

'Schiet op,' snauwde meneer Tiny. 'Hij verveelt me. Het is tijd hem voor eens en voor altijd uit ons leven te schoppen.' Hij duwde Evanna opzij, greep de schouder van mijn kleren en sleepte me naar de doorgang. 'Probeer daar niet al te bijdehand te doen,' gromde hij. 'Je kunt het verleden niet veranderen, dus probeer het niet. Doe wat je moet doen – pech als het je niet lukt wat je van plan bent – en laat het universum voor de rest zorgen.'

Ik draaide mijn gezicht naar hem om en wist niet wat hij bedoelde, wilde nog meer antwoorden. Maar meneer Tiny negeerde me, hief een gelaarsde voet en toen – zonder een woord van afscheid, alsof ik een vreemde was die voor hem niets betekende – schopte hij me door de deur terug naar een afspraak met de geschiedenis.

'Dames en heren, welkom bij het Cirque du Freak, het thuis voor de merkwaardigste menselijke wezens van de wereld.'

Ik had geen oogleden, dus ik kon er niet mee knipperen, maar onder mijn masker viel mijn mond oneindig ver open van verbazing. Ik bevond me in de coulissen van een groot theater en keek naar het toneel en de onmiskenbare gedaante van de dode Hibernius Tall. Behalve dat hij niet dood was. Hij was heel erg levend en bezig met het introduceren van een van de legendarische optredens van het Cirque du Freak.

'We brengen optredens die zowel angstaanjagend als bizar zijn, optredens die u nergens anders in de wereld kunt vinden. Degenen die snel bang zijn, kunnen nu beter vertrekken. Ik weet zeker dat er vanavond mensen zijn gekomen die...'

Twee beeldschone vrouwen kwamen naast me staan en bereidden zich voor om het toneel op te gaan. Ze trokken aan hun glinsterende pakjes om ervoor te zorgen dat ze goed zaten. Ik herkende de vrouwen: Davina en Shirley. Ze werkten bij het Cirque du Freak toen ik er pas bij was, maar waren na een paar jaar vertrokken voor een baan in de gewone wereld. Het leven van een trekkende artiest was niet voor iedereen weggelegd.

'... is uniek. En geen van hen is ongevaarlijk.' Meneer Tall was klaar en liep af. Davina en Shirley stapten naar voren en ik zag waar ze naartoe gingen – de kooi van de Wolfman die onbedekt midden op het toneel stond. Toen ze vertrokken kwam een Kleine Mens naast me staan. Zijn gezicht ging verscholen onder de kap van zijn blauwe gewaden, maar hij draaide zijn hoofd naar me toe. Even gebeurde er niets, toen stak hij zijn hand uit en trok mijn kap verder over mijn gezicht zodat mijn gelaatstrekken ook verborgen waren.

Meneer Tall verscheen naast ons met de snelheid en stilte waar hij befaamd om was. Zonder één woord gaf hij ons allebei een naald en een heleboel oranje draad. De andere Kleine Mens stak de naald en draad in zijn kleren, dus ik deed hetzelfde omdat ik niet uit de toon wilde vallen.

Davina en Shirley hadden de Wolfman uit zijn kooi gelaten en liepen met hem door het publiek waar ze de harige beestman door de mensen lieten aaien. Ik nam het theater aandachtiger op, terwijl zij met de Wolfman rondliepen. Dit was de oude niet meer gebruikte bioscoop van mijn geboorteplaats waar Steve Shancus had vermoord en waar – vele jaren ervoor – ik voor het eerst het pad van meneer Crepsley had gekruist.

Ik vroeg me af waarom ik hier naartoe was teruggestuurd – ik had wel een idee – toen er plotseling een luide explosie klonk. De Wolfman werd woest, zoals vaak gebeurde aan het begin van een act: dat wat eruitzag als een woede-uitbarsting, was eigenlijk nauwgezet gepland. Hij sprong boven op een gillende vrouw en beet een van haar handen af. In een flits was meneer Tall naast ons verdwenen en hij verscheen weer naast de Wolfman. Hij trok hem van de gillende vrouw af, kalmeerde hem en bracht hem terug naar zijn kooi terwijl Davina en Shirley hun best deden de mensen tot bedaren te brengen.

Meneer Tall kwam terug bij de gillende vrouw, raapte haar afgebeten hand op en floot hard. Dat was het teken voor mijn mede-Kleine Mens en mij om naderbij te komen. We renden naar meneer Tall toe en zorgden ervoor onze gezichten niet te laten zien. Meneer Tall zette de vrouw rechtop en fluisterde tegen haar. Toen ze rustig was, sprenkelde hij een glinsterend roze poeder op haar bloedende pols en plaatste de hand ertegenaan. Hij knikte naar mijn netgezel en mij. We haalden onze naalden en draad te voorschijn en begonnen de hand aan de pols vast te naaien.

Ik voelde me licht in mijn hoofd tijdens het naaien. Dit was het grootste gevoel van déjà vu dat ik ooit had gehad. Ik wist wat er hierna zou gebeuren, elke seconde ervan. Ik was naar mijn verleden teruggestuurd, naar een nacht die onvergetelijk in mijn geheugen stond gegrift. Al die tijd had ik gebeden voor de kans terug te gaan en de loop van mijn toekomst te veranderen. En nu, onder de meest onverwachte omstandigheden was dat moment aangebroken.

We waren klaar met naaien en keerden terug naar de

coulissen. Ik wilde weer in de schaduwen gaan staan om de voorstelling te volgen, want als ik het me goed herinnerde, zou Alexander Ribs nu optreden, gevolgd door Rhamus Tweebuik. Maar mijn mede-Kleine Mens wilde daar niets van weten. Hij duwde me voor zich uit naar de achterkant van het theater waar een jonge Jekkus Flang stond te wachten. In latere jaren zou Jekkus uitgroeien tot een vaardig messenwerper en zelfs deel uitmaken van de voorstelling. Maar in die tijd was hij pas bij het circus gekomen en zette hij de schalen met souvenirs voor in de pauze klaar. Jekkus gaf ons allebei een schaal vol prullaria als rubberpoppen van Alexander Ribs, plukken haar van de Wolfman en moeren en bouten van chocolade. Hij gaf ons ook prijskaartjes. Hij sprak niet tegen ons: dit was nog in de tijd voor Harkat Mulds, toen iedereen dacht dat de Kleine Mensen stomme geestloze robots waren.

Toen Rhamus Tweebuik van het toneel stampte, stuurde Jekkus ons het publiek in om de snuisterijen te verkopen. We begaven ons onder de mensen, lieten die onze koopwaar bekijken en eventueel kopen. De andere Kleine Mens nam het achterdeel van het theater voor zijn rekening en liet de voorste rijen aan mij over. En dus, een paar minuten later, zoals ik was gaan vermoeden, kwam ik tegenover twee jonge jongens te staan, de enige kinderen in het hele theater. De ene was een wild kind, het soort jongen dat geld van zijn moeder stal, horrorstrips verzamelde en die ervan droomde vampier te worden als hij groot was. De ander was een rustig, maar op zijn eigen manier net zo'n ondeugend kind, een jongen die geen moment zou aarzelen om de spin van een vampier te stelen.

'Hoeveel kost dat glazen beeldje?' vroeg de onmogelijk jonge en onschuldige Steve Leopard, wijzend op een beeldje op mijn schaal dat je kon eten. Terwijl ik moeite deed mijn trillende hand stil te houden, liet ik hem het prijskaartje zien. 'Ik kan niet lezen,' zei Steve. 'Kun je me vertellen hoeveel het kost?'

Ik zag de verrassing op het gezicht van Darren – bij de ingewanden van Charna – op míjn gezicht. Steve had direct gegokt dat er iets vreemds met de Kleine Mensen aan de hand was, maar ik was niet zo alert. De jonge ik had geen idee waarom Steve loog.

Ik schudde snel mijn hoofd en liep verder. Steve moest maar aan mijn jongere ik uitleggen waarom hij had gedaan alsof hij niet kon lezen. Mocht ik me eerder lichthoofdig hebben gevoeld, nu voelde ik me beslist leeghoofdig. Het is een opmerkelijk, aardverschuivend gebeuren om een jeugdige versie van jezelf in de ogen te kijken, om jezelf te zien zoals je ooit was, jong, dwaas en lichtgelovig. Ik denk niet dat iemand zich ooit herinnert hoe hij echt als kind was. Volwassenen denken dat ze het doen, maar het is niet zo. Foto's en video's pakken niet de echte jij, brengen niet de persoon die je vroeger was weer tot leven. Je moet naar het verleden terug om dat te doen.

We waren klaar met de verkoop van onze waren en liepen terug naar het achtertoneel om nieuwe schalen op te halen. Die waren volgeladen met souvenirs van de artiesten die nu zouden gaan optreden: Truska, Hans Handen en daarna, verschijnend als een spook uit de schaduwen van de nacht, meneer Crepsley en zijn tarantula, Madame Octa.

Het optreden van meneer Crepsley mocht ik niet missen. Toen Jekkus niet keek, sloop ik naar voren en keek toe vanuit de coulissen. Mijn hart bonkte in mijn keel toen mijn oude vriend en mentor het toneel op liep, oogverblindend in zijn rode mantel met zijn witte huid, met een oranje pluk haar en het litteken op zijn gezicht als handelsmerk. Toen ik hem weer zag, wilde ik op hem af rennen en mijn armen om hem heen slaan, hem vertellen hoe zeer ik hem had gemist en hoeveel hij voor me had betekend. Ik wilde zeggen dat ik van hem hield, dat hij voor mij een tweede vader was geweest. Ik wilde grappen met hem maken over zijn stijve manier van doen, zijn beperkte gevoel voor humor, zijn al te grote trots. Ik wilde vertellen dat Steve hem zou bedotten. Dat hij hem in een val zou laten lopen zodat hij nutteloos zou sterven. Ik weet zeker dat hij er de grap van zou inzien, als hij eenmaal uitgeraasd was.

Maar er kon geen communicatie zijn tussen ons. Zelfs als ik een tong zou hebben gehad, zou meneer Crepsley niet hebben geweten wie ik was. Deze avond had hij nog geen jongen ontmoet die Darren Shan heette. Voor hem was ik niemand.

Dus ik bleef staan waar ik stond en keek toe. Een laatste optreden van de vampier die mijn leven in zo veel opzichten had veranderd. Een laatste optreden om te genieten toen hij Madame Octa haar kunstjes liet vertonen en de mensen de rillingen bezorgde. Ik huiverde toen hij sprak — ik was vergeten hoe diep zijn stem klonk – maar hing vervolgens aan zijn lippen. De minuten gingen langzaam voorbij, maar niet langzaam genoeg: voor mij had het een eeuw mogen duren.

Een Kleine Mens bracht een geit het toneel op zodat Madame Octa hem kon doden. Het was een andere Kleine Mens dan die samen met mij het publiek in was gegaan – er waren hier meer dan twee Kleine Mensen. Madame Octa doodde de geit, haalde daarna een reeks trucs uit met meneer Crepsley, kroop over zijn lichaam en gezicht, liep in en uit zijn mond, speelde met kleine kopjes en schotels. In het publiek raakte de jonge Darren Shan in de ban van de spin, hij vond haar verbazingwekkend. In de coulissen keek de oudere Darren naar haar met een trieste blik. Vroeger haatte ik Madame Octa – ik kon al mijn problemen terugvoeren naar het achtpotige beest – maar nu niet meer. Niets ervan was haar schuld. Het was het noodlot. Al vanaf het allereerste begin was het mijn noodlot geweest.

Meneer Crepsley besloot zijn optreden en liep het toneel af. Hij moest langs mij om weg te komen. Toen hij naderde dacht ik weer te proberen met hem te communiceren. Ik kon niet praten, maar ik kon schrijven. Als ik hem vastgreep en hem opzij trok, een boodschap opkrabbelde, hem waarschuwde om onmiddellijk te vertrekken, om nu weg te gaan...

Hij liep langs.

Ik deed niets.

Dit was niet de manier. Meneer Crepsley had geen reden me te vertrouwen en het zou te veel tijd hebben gekost om de situatie uit te leggen. Hij was analfabeet, dus ik zou iemand erbij moeten halen die hem het briefje voorlas. Het zou ook gevaarlijk kunnen zijn. Als ik hem vertelde over de Heer der Vampanezen en de rest, zou hij misschien hebben geprobeerd de loop van de toekomst te veranderen om de Oorlog der Littekens te voorkomen. Evanna had gezegd dat het onmogelijk was om het verleden te veranderen, maar als meneer Crepsley – aangespoord door mijn waarschuwing – er op de een of andere manier wel in slaagde, bevrijdde hij misschien de monsters waarvoor zelfs meneer Tiny bang was. Ik kon dat risico niet nemen.

'Wat doe je hier?' snauwde iemand achter me. Het was Jekkus Flang. Hij porde me hard aan met een vinger en wees op mijn schaal. 'Schiet op met je waar,' gromde hij.

Ik deed wat Jekkus me opgedragen had. Ik wilde dezelfde rijen hebben als eerder zodat ik weer naar mezelf en Steve kon kijken, maar deze keer waren andere Kleine Mensen me voor zodat ik naar de achterkant van de zaal moest draven en daar mijn ronde moest doen.

Na de pauze kwam Gertha Tanden op het toneel, gevolgd door Siva en Seersa (de Verstrengelde Tweeling) en ten slotte Evra met zijn slang. Ik trok me terug tot achter in het theater omdat ik niet stond te trappelen om Evra weer te zien. Hoewel de slangenjongen een van mijn beste vrienden was, kon ik de pijn niet vergeten die ik hem had bezorgd. Het zou te veel verdriet hebben gedaan hem weer te zien optreden en te denken aan de pijn en het verlies die hij later zou doormaken.

Met de laatste drie optredens kwam er een einde aan de voorstelling. Ik herinnerde me de dingen die in de voering van mijn gewaden zaten genaaid. Het was tijd om erachter te komen waarmee Evanna me teruggestuurd had. Ik tastte onder de zware blauwe stof, vond het eerste rechthoekige ding en rukte het los. Toen ik zag wat het was, begon ik breed en tandeloos te grijnzen.

Die sluwe oude heks! Ik herinnerde me wat ze me had verteld onderweg van het Dodenmeer naar de grot van meneer Tiny — hoewel het verleden niet veranderd kon worden, konden de mensen die betrokken waren bij de belangrijke gebeurtenissen wel worden vervangen. Me terugsturen naar dit moment was voldoende om mijn ziel te bevrijden, maar Evanna was een stapje verder gegaan en had ervoor gezorgd dat ik mijn oude zelf ook kon bevrijden. Meneer Tiny wist daarvan. Hij beviel hem niet, maar hij had het geaccepteerd.

Maar door haar sluwe aanpak, waarvan haar vader niet op de hoogte was, had Evanna me voorzien van iets wat nog kostbaarder was dan de persoonlijke vrijheid — iets wat meneer Tiny absoluut razend zou maken als hij erachter kwam hoe hij in de maling genomen was.

Ik haalde de andere voorwerpen ook te voorschijn, legde ze op volgorde en keek wat de laatste notitie was. Ik vond niet wat ik had verwacht, maar toen ik er snel doorheen ging, zag ik wat Evanna had gedaan.

Ik kwam in de verleiding naar het einde te gaan en de laatste paar woorden te lezen, maar besloot toen dat ik die beter niet kon weten.

Ik hoorde gegil in het theater. Waarschijnlijk was de slang van Evra nu bezig met het eerste optreden van de nacht. Ik had niet veel tijd meer. Ik glipte weg voor Jekkus Flang me kwam zoeken en me belastte met een volgende schaal. Ik vertrok via een achterdeur, glipte om de bioscoop heen en ging via de voordeur weer naar binnen. Ik liep door een lange gang naar een open deur die naar een trap leidde. De weg naar boven, naar het balkon.

Ik beklom een paar treden, zette toen Evanna's cadeau neer en wachtte. Ik vroeg me af wat ik met die dingen moest doen, de wapens. Ze direct aan de jongen geven? Nee. Als ik dat deed zou hij misschien proberen de toekomst te veranderen. Dat mocht niet. Maar er moest een manier bestaan om ze hem later toe te spelen, zodat hij ze op het juiste moment kon gebruiken. Evanna zou ze me niet hebben gegeven als dat moment niet bestond.

Het duurde niet lang voor ik het wist. Ik was gelukkiger toen ik wist wat ik met het cadeau moest doen, omdat het ook betekende dat ik precies wist wat ik met de jonge Darren aan moest.

De voorstelling eindigde en het publiek stroomde het theater uit terwijl de mensen heftig over de voorstelling discussieerden en hardop hun bewondering uitten. Aangezien de jongens voorin hadden gezeten, waren zij bij de laatsten die vertrokken. Ik wachtte in stilte, rustig, wetende wat er zou gebeuren.

Ten slotte opende een bange jonge Darren de deur naar de trap, glipte erdoorheen, sloot hem achter zich en bleef zwaar ademend en met kloppend hart wachten tot iedereen uit het theater was vertrokken. In het duister kon ik hem zien – mijn grote groene ogen waren bijna net zo sterk als die van een halfvampier – maar hij had geen idee dat ik daar was.

Toen de laatste geluiden waren weggestorven, kwam de jongen de trap op geslopen. Hij was op weg naar het balkon om een oogje op zijn vriend Steve te houden en ervoor te zorgen dat hem niets overkwam. Als hij daar aankwam zou zijn lot bezegeld zijn en zou hij het gekwelde leven van een halfvampier moeten leiden. Ik had de macht dat te veranderen. Dit, samen met mijn bevrijding uit het Dodenmeer, was Evanna's cadeau aan mij – en het laatste deel van het cadeau waarvan meneer Tiny wist.

Toen de jonge Darren naderde, dook ik boven op hem, raapte hem op voor hij wist wat er gebeurde en rende met hem de trap af. Ik haastte me door de deur de verlichte gang in en liet hem daar ruw op de grond vallen.

Zijn gezicht was een en al verschrikking. 'D-d-d-dood me niet!' piepte hij, terwijl hij achteruit krabbelde.

Als antwoord rukte ik mijn kap naar achteren en trok mijn masker weg waardoor mijn ronde, grijze samengenaaide gezicht en mijn enorme mond zichtbaar werden. Ik stak mijn hoofd naar voren, grijnsde kwaadaardig en spreidde mijn armen. Darren gilde, sprong overeind en rende struikelend naar de uitgang. Ik denderde achter hem aan, maakte een heleboel lawaai, schraapte over de muren met mijn vingers. Hij vloog het theater uit toen hij de deur had bereikt, rolde van de treden, krabbelde weer overeind en rende voor zijn leven.

Ik bleef bij de trap van de voordeur naar mijn jongere ik staan kijken die naar de veiligheid vluchtte. Ik glimlachte. Ik zou hier de wacht houden om er zeker van te zijn, maar ik wist dat hij niet zou terugkeren. Hij zou direct naar huis rennen, onder zijn dekens schieten en huiverend in slaap vallen. Morgenochtend zou hij, omdat hij niet had gezien wat Steve van plan was geweest, de telefoon pakken om te horen of zijn vriend in orde was. Omdat hij niet wist wie meneer Crepsley was, zou hij geen reden hebben bang te zijn voor Steve en Steve zou geen reden hebben Darren te wantrouwen. Hun vriendschap zou zijn natuurlijke loop vervolgen en hoewel ik er zeker van was dat ze vaak over hun uitstapje naar het Cirque du Freak zouden praten, zou Darren nooit teruggaan om de spin te stelen en zou Steve nooit de waarheid onthullen over meneer Crepsley.

Ik liep weg van de ingang en beklom de trap naar het balkon. Daar keek ik toe hoe Steve meneer Crepsley ontmoette. Hij vroeg de vampier zijn assistent te mogen worden. Meneer Crepsley testte zijn bloed, wees hem toen af met als reden dat hij slecht was. Steve vertrok woedend en zwoer dat hij wraak zou nemen op de vampier.

Zou Steve nog altijd op zoek gaan naar wraak nu zijn grootste kwelgeest – ik – niet in het spel was? Zou zijn pad hem, als hij groter werd, nog altijd naar de vampanezen voeren? Was hij voorbeschikt het leven te leiden zoals hij de eerste keer had gedaan maar dan met een andere vijand dan Darren Shan? Of zou het universum Steve vervangen door iemand anders, zoals bij mij gebeurde?

Ik zou het nooit weten. De tijd zou het leren en ik zou niet lang genoeg meer leven om het hele verhaal mee te maken. Ik had mijn kans gehad en die zat er bijna op. Het werd voor mij tijd om me terug te trekken, een streep onder mijn leven te zetten en afscheid te nemen.

Maar eerst: een laatste slimme poging om de plannen van Desmond Tiny te verijdelen!

De belangrijkste gebeurtenissen van het verleden kunnen niet veranderd worden, maar de mensen die erbij betrokken zijn wel. Evanna had me verteld dat als zij terugging en Adolf Hitler vermoordde, het universum hem zou vervangen door iemand anders. De belangrijkste gebeurtenissen van de Tweede Wereldoorlog zouden zich precies zo voltrekken als bedoeld was, alleen met een andere figuur aan het roer. Dit zou duidelijk een aantal tijdelijke afwijkingen geven, maar niets wat de hogere machten van het universum niet recht konden zetten.

Hoewel ik de loop van de geschiedenis niet kon veranderen, kon ik mezelf wel eruit verwijderen. En dat had ik gedaan door de jonge Darren af te schrikken. De gebeurtenissen van mijn leven zouden zich op dezelfde manier als ervoor ontwikkelen. Een kind zou bloed krijgen, naar de Vampiersberg reizen, Kurda Smahlt ontmaskeren, een Vampiersprins worden en daarna op jacht gaan naar de Heer der Vampanezen. Maar het zou niet de jongen worden die ik vanavond had laten schrikken. Iemand anders, een ander kind, zou in de schoenen moeten staan van Darren Shan. Ik voelde me er niet zo goed onder een ander joch de harde beproevingen van mijn leven te laten meemaken, maar in ieder geval wist ik dat hij aan het einde, in de dood, zou triomferen. De persoon die in mijn plaats kwam, zou in mijn voetsporen treden, de Heer der Vampanezen doden en in de strijd vallen, en uit die dood zou hopelijk vrede ontstaan. Aangezien het kind niet verantwoordelijk zou zijn voor zijn daden, zou zijn ziel direct naar het paradijs gaan als hij stierf – het universum, hoopte ik, was hard maar eerlijk.

En misschien was het niet eens een jongen. Misschien nam een meisje wel mijn plaats in! De nieuwe Darren Shan hoefde geen exacte replica te worden van de oude. Hij of zij kon een willekeurige achtergrond hebben en uit elk land komen. Het kind had alleen een enorme dosis nieuwsgierigheid nodig en een zekere mate van ongehoorzaamheid. Iedereen die het lef had 's avonds laat het huis uit te sluipen om naar het Cirque du Freak te gaan, had het potentieel om mijn plaats als assistent van meneer Crepsley in te nemen.

Aangezien mijn aandeel zou veranderen, kon het aandeel van anderen ook veranderen. Misschien dat een ander meisje – of jongen – Debbies rol zou invullen en iedereen zou Sam Grest kunnen zijn. Misschien was Gavner Purl niet de vampier die werd vermoord door Kurda, en zelfs Steve kon vervangen worden door iemand anders. Misschien was meneer Crepsley niet degene die stierf in de Spelonk der Vergelding en zou hij een vampier van hoge ouderdom en wijsheid worden zoals zijn mentor, Seba Nile. Veel onderdelen van het verhaal van mijn leven, de wereld van Darren

Shan, lagen nu misschien voor iedereen in het ver-
schiet nu de hoofdfiguur was veranderd.

Maar dat waren allemaal woeste speculaties. Wat ik
wel zeker wist, was dat de jongen die ik ooit was geweest nu een normaal leven zou leiden. Hij zou naar
school gaan, opgroeien zoals iedereen, een baan zoeken, en misschien op een dag een eigen gezin stichten. Alle dingen die de oorspronkelijke Darren Shan
had gemist, zouden de nieuwe Darren ten deel vallen. Ik had hem zijn vrijheid gegeven – zijn menselijkheid. Ik kon alleen bidden tot de goden van de
vampiers dat hij er het allerbeste van zou maken.

De dingen die in de voering van mijn gewaden zaten
genaaid, waren mijn dagboeken. Ik hield al zo lang
ik me kon herinneren een dagboek bij. Ik had alles
erin genoteerd – mijn uitstapje naar het Cirque du
Freak, mijn assistentschap bij meneer Crepsley, mijn
tijd in de Vampiersberg, de Oorlog der Littekens en
de jacht op de Heer der Vampanezen, tot op die laatste nacht toen ik mijn fatale laatste treffen met Steve
had. Het stond er allemaal in, alle belangrijke dingen van mijn leven, samen met ook een heleboel al-
ledaagse zaken.

Evanna had het dagboek up-to-date gemaakt. Ze moet
het hebben meegenomen uit het huis waar Debbie en
Alice hun basis hadden, daarna alles hebben beschreven wat er was gebeurd op die met bloed doordrenkte nacht, het laatste treffen met Steve en mijn
dood. Vervolgens had ze mijn lange jaren van gees-
telijke kwelling in het Dodenmeer geschetst, gevolgd

door een gedetailleerder verslag van mijn redding en wedergeboorte als een Kleine Mens. Ze was zelfs nog verder gegaan en had verteld wat erna gebeurde, mijn terugkeer, de manier waarop ik de oorspronkelijke Darren had afgeschrikt en...

Ik weet niet wat ze op de laatste pagina's heeft geschreven. Zo ver heb ik niet gelezen. Ik kom er liever zelf achter wat mijn laatste handelingen zijn, dan dat ik ze in een boek lees!

Nadat Steve was vertrokken en meneer Crepsley zich terugtrok in de kelder waar zijn doodskist stond, ging ik op zoek naar meneer Tall. Ik trof hem in zijn bus waar hij de inkomsten van die avond natelde. Hij deed dat regelmatig. Volgens mij genoot hij van het gewone van zo'n eenvoudige taak. Ik klopte op de deur en wachtte tot hij opendeed.

'Wat wil je?' vroeg hij achterdochtig toen hij me zag. Meneer Tall was het niet gewend gestoord te worden, zeker niet door een Kleine Mens.

Ik stak de dagboeken naar hem uit. Hij keek er behoedzaam naar zonder ze aan te raken.

'Is dit een bericht van Desmond?' vroeg hij. Ik schudde mijn halsloze hoofd. 'Wat...' Zijn ogen werden groot. 'Nee!' zei hij snakkend naar adem. 'Onmogelijk!' Hij trok mijn kap naar achteren – ik had hem weer opgedaan nadat ik de jonge ik had weggejaagd – en bestudeerde mijn gelaatstrekken intens.

Na een tijdje veranderde de uitdrukking van bezorgdheid in de blik van meneer Tall in een glimlach. 'Is dit het werk van mijn zus?' vroeg hij. Ik knikte mijn gedrongen hoofd een fractie. 'Ik heb nooit gedacht dat ze erbij betrokken zou raken,' mompelde hij. 'Ik stel me voor dat het niet alleen te maken heeft met het bevrijden van je ziel, maar ik zal niet aandringen om informatie. Het is beter voor iedereen die erbij betrokken is, dat ik het niet weet.'

Ik bracht de dagboeken omhoog, wilde dat hij ze aannam, maar meneer Tall raakte ze nog steeds niet aan. 'Ik weet niet of ik het wel begrijp,' zei hij.

Ik wees op de naam – Darren Shan – die op het eerste dagboek gekrabbeld stond en daarna op mezelf. Ik opende het en liet hem de datum zien en de eerste paar regels, bladerde vervolgens naar de plaats waar mijn bezoek aan het Cirque du Freak beschreven stond en wat er was gebeurd. Toen hij het gedeelte had gelezen waar ik vertelde dat ik vanaf het balkon Steve in de gaten hield, wees ik omhoog en schudde hevig mijn hoofd.

'O.' Meneer Tall grinnikte. 'Ik begrijp het. Evanna heeft niet alleen je ziel gered; ze heeft de oude jij zijn normale leven teruggegeven.'

Ik glimlachte, blij dat ik eindelijk begrepen werd. Ik sloot het dagboek, tikte op de omslag en bood hem toen de boeken weer aan.

Deze keer accepteerde hij ze. 'Jouw plan is me nu duidelijk,' zei hij zacht. 'Je wilt dat de wereld dit weet, maar nog niet. Je hebt gelijk, als we het nu onthullen lopen we het risico de honden van de chaos los te laten. Maar als het later wordt uitgebracht, rond de tijd dat je bent gestorven, kan het alleen van invloed zijn op het heden en de toekomst.'

De handen van meneer Tall bewogen heel snel en de dagboeken verdwenen. 'Ik zal ze bewaren tot de tijd daar is,' zei hij. 'Dan stuur ik ze naar... wie? Een schrijver? Een uitgever? De persoon die jij bent geworden?'

Ik knikte snel toen hij dat zei.

'Goed dan,' zei hij. 'Ik kan niet zeggen wat hij hiermee zal doen – misschien denkt hij dat het een grap is, of begrijpt hij niet wat jij van hem wilt – maar ik zal doen wat je me vraagt.' Hij wilde de deur sluiten, aarzelde toen. 'In deze tijd ken ik je natuurlijk niet en nu jij jezelf hebt verwijderd van je oorspronkelijke levensloop, zal ik je ook nooit kennen. Maar ik voel dat we vrienden waren.' Hij stak een hand uit en ik schudde die. Meneer Tall schudde slechts zelden iemand de hand. 'Veel geluk, vriend,' fluisterde hij. 'Veel geluk voor ons allemaal.' Toen liet hij mijn hand los en sloot de deur. Ik bleef achter om me terug te trekken, een mooie rustige plaats te vinden waar ik alleen kon zijn – en kon sterven.

Ik weet nu waarom Evanna had verteld dat meneer Tiny niet zo'n lezer was. Hij heeft niets met boeken. Hij besteedt geen aandacht aan romans of andere fictie. Als over een heleboel jaar een volwassen Darren Shan verschijnt en een reeks boeken over vampiers publiceert, zal meneer Tiny het niet weten. Zijn aandacht zal op andere zaken gericht zijn. De boeken zullen uitkomen en gelezen worden en zelfs al zijn vampiers geen enthousiaste lezers, ze zullen erover horen. Als er een voorzichtig staakt-het-vuren komt in de

Oorlog der Littekens en de leiders van beide kanten proberen een nieuw tijdperk van vrede te stichten, zullen mijn dagboeken – met het geluk van de vampiers – in boekwinkels over de hele wereld terechtkomen. Vampiers en vampanezen zullen mijn verhaal kunnen lezen (of het laten voorlezen als ze analfabeet zijn). Ze zullen meer over meneer Tiny aan de weet komen dan ze zich ooit hebben voorgesteld. Ze zullen precies weten wat voor bemoeial hij eigenlijk is en horen van zijn plannen voor een desolate toekomstige wereld. Gewapend met die kennis en verenigd door de geboorte van Evanna's kinderen, weet ik zeker dat ze hun krachten zullen bundelen en alles zullen doen om hem tegen te houden.

Meneer Tall zal mijn dagboeken naar de volwassen Darren Shan sturen. Ik denk niet dat hij zelf aantekeningen en instructies zal toevoegen – in dat opzicht durft hij zich niet te bemoeien met het verleden. Het is mogelijk dat de volwassen ik de dagboeken zal verwerpen, ze afschrijven als een bizarre oplichterstruc en er niets mee doen. Maar mezelf kennende (nou, dat klinkt vreemd) denk ik dat hij ze, als hij ze eenmaal gelezen heeft, zonder meer zal geloven. Ik geloof graag dat ik altijd een open geest heb gehad.

Als de volwassen ik de dagboeken helemaal uitleest en gelooft dat ze echt zijn, zal hij weten wat hij moet doen. Ze herschrijven, spelen met de namen om geen ongewenste aandacht te vestigen op de echte mensen die erbij betrokken zijn, de feiten verwerken tot een verhaal, de saaiere stukken verwijderen, een beetje fantasie erop loslaten en een avontuur vol actie schrijven. En dan, als hij dat alles gedaan heeft: verkopen. Een agent zoeken en een uitgever. Doen alsof het een werk van de fantasie is. Het gepubliceerd krijgen. Het hard promoten. Het aan zo veel mogelijk landen verkopen, het bekend maken en de mogelijkheden vergroten dat het verhaal de aandacht van de vampiers en vampanezen trekt.

Ben ik realistisch? Er is een groot verschil tussen een dagboek en een roman. Zal de menselijke Darren Shan de vaardigheid bezitten om lezers te trekken en een verhaal te verzinnen dat ze boeit? Zal hij een reeks romans kunnen schrijven die goed genoeg zijn om de aandacht van de kinderen van de nacht te trekken? Ik weet het niet. Toen ik jonger was, kon ik behoorlijk goed verhalen schrijven, maar ik kan nooit weten hoe ik zal zijn als ik groter word. Misschien lees ik dan niet meer. Misschien wil ik dan niet meer schrijven, of kan ik het niet meer.

Maar ik hoop op het beste. Ik hoop dat de jonge ik, bevrijd van zijn sombere lotsbestemming, blijft lezen en schrijven. Als het geluk van de vampiers echt met me is (met ons) wordt de jonge Darren misschien al een schrijver voordat meneer Tall hem het pakje stuurt. Het zou perfect zijn als hij al schrijver was. Hij zou het verhaal van mijn leven gewoon kunnen uitbrengen als weer een imaginair werk en daarna doorgaan met zijn eigen schrijven en niemand – behalve degenen die echt te maken hebben met de Oorlog der Littekens – zal het verschil zien.

Misschien droom ik maar wat. Maar het zou kunnen gebeuren. Ik ben het bewijs dat er vreemdere dingen mogelijk zijn. Dus ik zeg: ga ervoor, Darren! Volg je dromen. Pak je ideeën en gebruik die. Werk hard. Leer goed schrijven. Ik wacht boven op je als je het doet, met het vreemdste, idiootste verhaal dat je ooit hebt gehoord. Woorden hebben de macht de toekomst te wijzigen en de wereld te veranderen. Ik denk dat we samen de juiste woorden kunnen vinden. Ik kan zelfs, nu ik eraan denk, een voorstel doen voor de eerste regel van het boek, om je een zetje te geven op de lange, bochtige weg, misschien iets in de zin van: 'spinnen hebben me altijd gefascineerd...'

Ik lig op mijn rug op het dak van de oude bioscoop en kijk naar de schitterende lucht. De dageraad is nabij. Dunne wolken drijven langzaam over de oplichtende horizon. Ik voel mezelf uiteenvallen. Het zal niet lang meer duren.

Ik weet niet voor de volle honderd procent hoe het opwekkingsproces van meneer Tiny werkt, maar ik denk dat ik er voldoende van begrijp om te weten wat er gaande is. Harkat werd gemaakt van de resten van Kurda Smahlt. Meneer Tiny nam het lijk van Kurda en gebruikte dat om een Kleine Mens te creëren. Daarna bracht hij Harkat terug naar het verleden. Harkat en Kurda mochten niet tegelijk naast elkaar bestaan. Een ziel kan gewoonlijk niet tegelijkertijd twee lichamen delen. Eén moet plaatsmaken voor de ander. Als de oorspronkelijke Kurda had hij het automatische recht op leven, dus het lichaam van Harkat moest uit elkaar vallen op het moment dat Kurda al die jaren later uit het Dodenmeer werd gevist.

Maar het gebeurde niet. Harkat overleefde verscheidene jaren in dezelfde tijdzone als Kurda. Daardoor neem ik aan dat meneer Tiny de macht heeft zijn Kleine Mensen te beschermen, in ieder geval een tijdje, ook al stuurt hij ze terug naar een tijd waarin de originele vorm nog leeft.

Maar hij nam niet de moeite mij te beschermen toen hij me terugstuurde. Dus een van de lichamen moet weg – dit lichaam. Maar ik jammer niet. Ik voel me prima met mijn korte tijd als Kleine Mens. Eigenlijk gaat het juist om de korte tijd van dit leven. Zo heeft Evanna me bevrijd.

Toen Kurda voor de tweede keer de dood onder ogen zag, vertelde meneer Tiny hem dat zijn geest niet zou terugkeren naar het Meer – het zou deze wereld verlaten. Door nu te sterven zal mijn ziel – zoals dat van Kurda – direct naar het paradijs vliegen. Ik denk dat een beetje lijkt op het passeren van 'Start' op een monopoliebord en het direct naar de gevangenis gaan, behalve dat in dit geval 'Start' het Dodenmeer is en 'gevangenis' het leven hierna.

Ik voel me buitengewoon licht, alsof ik bijna niets weeg. Het gevoel neemt met het moment toe. Mijn lichaam verdwijnt, lost op. Maar niet zoals in het bassin vol groene vloeistof in de grot van meneer Tiny. Dit is een vriendelijk, pijnloos oplossen alsof een enorme macht mijn stiksels loshaalt en gebruikmaakt van een paar magische breinaalden om mijn vlees en bot draad voor draad, knoop voor knoop uit elkaar te halen.

Hoe zal het paradijs eruitzien? Daar kan ik geen antwoord op geven. Ik kan zelfs geen gok wagen. Ik stel me voor dat het een tijdloze plaats is waar de dode zielen van elke leeftijd met elkaar vermengd zijn, oude vriendschappen weer opgepakt worden en nieuwe kennismakingen ontstaan. Ruimte bestaat niet, zelfs geen lichamen, alleen maar gedachten en verbeelding. Maar daar heb ik geen bewijs van. Het is hoe ik me er een beeld van vorm.

Ik roep dat kleine beetje energie op dat ik nog heb om mijn hand op te heffen. Ik kan nu dwars door het grijze vlees heen kijken, door de spieren en botten, naar de twinkelende sterren erachter. Ik glimlach en de hoeken van mijn lippen blijven zich uitstrekken, verlaten mijn gezicht en worden tot een eindeloze, onbegrensde glimlach.

Mijn gewaden zakken als het lichaam eronder het vermogen verliest ze te dragen. Mijn atomen stijgen op als stoom, eerst dunne slierten, dan een gestage stroom van stralen die samen de kleuren van de regenboog hebben en mijn ziel verlaat ineens elke hoek van mijn lichaam. De draden wikkelen zich om elkaar heen en schieten omhoog, gericht op de sterren en de werelden erachter.

Er is nu bijna niets meer van me over. De gewaden storten nu helemaal in tot niets. De laatste sporen van mijn geest blijven boven de gewaden en het dak hangen. Ik denk aan mijn familie, aan Debbie, meneer Crepsley, Steve, meneer Tiny, aan iedereen die ik heb gekend, heb liefgehad, gevreesd en gehaat. Mijn laatste gedachte, vreemd genoeg, gaat naar Madame Octa – ik vraag me af of ze spinnen in het paradijs hebben.

En nu is het voorbij. Ik ben klaar met deze wereld. Mijn laatste atomen stijgen op met een snelheid die groter is dan die van het licht, en laten het dak, de bioscoop, de stad, de wereld ver, ver achter. Ik ben op weg naar een nieuw universum. Tot ziens wereld! Vaarwel Darren. Het beste, mijn vrienden en bondgenoten. Dit is het. Ik word naar de sterren toe getrokken. Explosies van ruimte en tijd. Ik daver door de barrières van de oude werkelijkheid heen. Ik val uiteen, voeg me samen, ga verder. Een adem op de lippen van het universum. Alle dingen, alle werelden, alle levens. Alles ineens en nooit. Meneer Crepsley wacht. Een enorm gelach in het enorme hiernamaals. Ik ga... ik... ga... ik... ben... weg.

Einde

De sage van Darren Shan
8 mei 1997 – 19 mei 2004

Binnenkort in de winkel
Darren Shans nieuwe roman

GROOTMEESTER
VAN HET KWAAD

Voor een korte inleiding, lees alsjeblieft verder...

RATTENINGEWANDEN

Een blokuur geschiedenis op een woensdagmiddag: een volslagen nachtmerrie! Een paar minuten geleden zou ik gezegd hebben dat ik me niets ergers kan voorstellen. Maar als er op de deur wordt geklopt en ik mijn moeder in de deuropening zie, besef ik: het leven kan altijd nog erger worden.

Als een van je ouders onverwachts op school verschijnt, kan dat twee dingen betekenen. Of iemand in je familiekring heeft een ernstig ongeluk gehad, of je zit in de nesten.

Mijn onmiddellijke reactie is: laat alsjeblieft niemand dood zijn! Ik denk aan pa, Gret, ooms, tantes, neven, nichten. Het kan iedereen zijn. 's Ochtends nog vrolijk ademhalend. Nu stijf en koud, een naar buiten stekende tong, een hoeveelheid koud vlees dat wacht om gecremeerd of begraven te worden. Ik herinner me de begrafenis van oma. De open kist. Haar glanzende vlees. Ik moet haar voorhoofd kussen. De pijn, de tranen. Laat alsjeblieft niemand dood zijn! Alsjeblieft! Alsjeblieft! Alsjeblieft! Alsje...

Dan zie ik het gezicht van ma, wit van woede, en ik weet dat ze hier is om te straffen, niet om te troosten.

Ik kreun, sla mijn ogen ten hemel en mompel binnensmonds: 'Kom op met die lijken!'

Het kantoor van de directeur. Ma, meneer Donellan en ik. Ma is aan het razen en tieren over sigaretten. Ik ben betrapt op roken achter het fietsenhok (het oudste cliché ter wereld). Ze wil weten of het hoofd zich ervan bewust is wat de leerlingen van zijn school allemaal doen.

Ik heb een beetje medelijden met meneer Donnellan. Hij zit daar maar, ziet er zelf een beetje uit als een schooljongen, schuifelt met zijn voeten en zegt dat hij niet wist dat dit aan de hand was, dat hij een onderzoek zal instellen en er snel een einde aan zal maken. Leugenaar! Natuurlijk wist hij het. Elke school heeft een plek waar gerookt wordt. Zo is het leven. Leraren zijn het er niet mee eens, maar meestal doen ze alsof ze het niet zien. Bepaalde kinderen roken – feit. Het is veiliger ze op school te laten roken dan dat ze van het terrein wegglippen tijdens de pauzes en de lunchtijd.

Ma weet dat ook. Dat moet wel. Ze is zelf ooit jong geweest, zoals ze me altijd vertelt. Kinderen waren in de tijd van ma niet anders. Als ze nu eens een ogenblik ophield en terugdacht, zou ze zien wat voor lastpak ze is. Ik zou het niet erg vinden als ze me thuis aanpakte, maar je marcheert niet zomaar de school binnen en slaat de directeur op zijn kantoor met het wetboek om de oren. Ze gaat te ver, veel te ver.

Maar ik kan het haar niet vertellen, hè? Ik kan niet

beginnen met: 'O! Moeder! Je maakt ons allebei te schande, dus hou je klep.'

Ik meesmuil bij de gedachte en natuurlijk is dat het moment dat ma een fractie van een fractie pauzeert en me betrapt. 'Waar grijns je om?' brult ze en dan gaat ze weer verder: ik rook mezelf jong het graf in, de school is verantwoordelijk, van wat voor circus is meneer Donnellan directeur, la-di-la-di-la-di-verrek-te-la.

Saaaai.

Haar tirade op school is niets vergeleken bij die die ik thuis krijg. Ze gilt de hele straat bij elkaar. Ze zal me naar een kostschool sturen, nee, een militaire academie. Eens zien hoe dat me bevalt, om elke ochtend bij het aanbreken van de dag op te staan en me voor het ontbijt honderd keer op te drukken. 'Hoe vind je dat klinken?'

'Is het een ontbijt gebakken spek en eieren of een soort cornflakes met yoghurt?' is mijn antwoord, en ik weet op het moment dat het mijn stomme mond uit is, dat het een foute tekst is. Dit is niet de tijd om op de proppen te komen met die befaamde scherpe humor van Grubbs Grady.

Dit brengt het vuurwerk van ma tot ontbranding. Wie denk ik wel dat ik ben. Weet ik wel hoeveel ik hun kost? Als ik nu eens van school word getrapt. Dan het doorslaggevende argument dat ma niet zo vaak gebruikt en waarvan ik weet dat het menens is als ze het wel doet: 'Wacht maar tot je vader thuis is.'

Pa gaat niet zo uit zijn bol als ma, maar hij is niet gelukkig. Hij vertelt me hoe teleurgesteld hij is. Ze hebben me zo vaak gewaarschuwd voor de gevaren van roken, dat het je longen vernielt en kanker veroorzaakt.

'Roken is dom,' zegt hij. We zitten in de keuken (ik ben er niet meer uit geweest sinds ma me vroeg van school heeft meegesleurd, behalve om naar het toilet te gaan). 'Het is walgelijk, asociaal en dodelijk. Waarom doe je het, Grubbs? Ik dacht dat je meer verstand had.'

Ik haal zonder iets te zeggen mijn schouders op. Wat valt er te zeggen? Ze zijn oneerlijk. Natuurlijk is roken dom. Natuurlijk krijg je er kanker van. Natuurlijk zou ik het niet moeten doen. Maar mijn vrienden roken. Het is cool. Tijdens de lunch trek je op met coole mensen en praat over coole dingen. Maar alleen als je rookt. Je hoort er niet bij als je eruit ligt. En ze weten dat. Toch staan ze hier als een stelletje gestapo's en vragen me rekenschap af te leggen voor mijn daden.

'Hoe lang rookt hij al? Dat wil ik weten.' Ma is begonnen mij in de derde persoon aan te duiden sinds pa thuiskwam. Direct aanspreken is er niet meer bij.

'Ja,' zegt pa. 'Hoe lang, Grubbs?'

'Ik weet het niet.'

'Weken? Maanden? Langer?'

'Misschien een paar maanden. Maar een paar per dag.'

'Als hij zegt een paar, bedoelt hij minstens vijf of zes,' snuift ma.

'Nee, dat doe ik niet,' schreeuw ik. 'Ik bedoel een paar.'

'Waag het niet je stem tegen mij te verheffen!' brult ma terug.

'Kalm aan,' begint pa, maar ma gaat verder alsof hij er niet is.

'Vind je het slim? Om je longen te vullen met troep waaraan je dood gaat? We hebben je niet grootgebracht om te zien hoe je jezelf kanker bezorgt. Dit hoeven we niet, zeker niet in deze tijd, niet als...'

'Genoeg!' schreeuwt pa en we schrikken allebei. Pa schreeuwt bijna nooit. Hij wordt gewoonlijk heel rustig als hij boos is. Nu is zijn gezicht rood en hij kijkt woedend – maar naar ons allebei, niet alleen naar mij. Ma kucht, alsof ze zich schaamt. Ze gaat zitten, veegt haar haar uit haar gezicht en kijkt me aan met een gekwetste blik in haar ogen. Ik haat het als ze dat gezicht opzet. Het is onmogelijk haar recht aan te kijken of met argumenten te komen.

'Ik wil dat je ermee ophoudt, Grubbs,' zegt pa die zichzelf weer in de hand heeft. 'We zullen je niet straffen -' Ma protesteert, maar pa legt haar het zwijgen op met een kort gebaar van zijn hand '- maar ik wil je woord hebben dat je ermee ophoudt. Ik weet dat het niet gemakkelijk zal zijn. Ik weet dat je vrienden het je moeilijk zullen maken. Maar dit is belangrijk. Sommige dingen zijn belangrijker dan er alleen maar cool uit te zien. Beloof je het me, Grubbs?' Hij zwijgt.

'Natuurlijk, als het je lukt om te stoppen...'

'Natuurlijk lukt het me,' mompel ik. 'Ik ben niet verslaafd of zoiets.'

'Doe je het dus? Omwille van jezelf – niet van ons?'
Ik haal mijn schouders op en probeer te doen alsof
het een peulenschil is, alsof ik toch al van plan was
te stoppen. 'Natuurlijk, als jullie er zo'n heisa over
maken.' Ik geeuw.

Pa glimlacht. Ma glimlacht. Ik glimlach.

Dan komt Gret de achterdeur binnenlopen en zij glimlacht ook, maar het is een kwaadaardige superieure
grote zus-glimlach. 'Hebben we onze kleine pro-
bleempjes opgelost?' vraagt ze, haar stem hoog en
pseudo-onschuldig.

En ik weet het onmiddellijk: Gret heeft me aan ma
verlinkt. Ze kwam erachter dat ik rookte en ze heeft
het verteld. De trut.

Als ze langs zoeft, stralend als een engel, brand ik
met mijn ogen vurige gaten in haar achterhoofd en
een enkel woord weergalmt door mijn hoofd als het
geluid van een goddeloze donder...

Wraak!

Ik ben dol op vuilnishopen. Je kunt er allerlei walge-
lijke dingen vinden. De perfecte plaats om rond te neuzen als je wraak wilt nemen op die irritante verraad-
ster van een zus van je. Ik klim over de berg afval en
zoek tussen zwarte vuilniszakken en natte kartonnen
dozen. Ik weet niet precies wat ik ga gebruiken, of op
welke manier, dus ik wacht op inspiratie om toe te
slaan. Dan, in een kleine plastic zak, vind ik zes dode ratten met een gebroken nek die net beginnen te
rotten. Fantastisch.

Kijk maar uit, Gret, ik kom eraan.

Ik ontbijt aan de keukentafel. Radio zacht. Ik luister naar de geluiden boven. Wacht op de uitbarsting.

Gret staat onder haar douche. Ze doucht altijd, in ieder geval twee keer per dag, voor ze naar school gaat en als ze thuiskomt. Soms ook nog een keer voordat ze naar bed gaat. Ik weet niet waarom iemand zo veel moeite doet om zichzelf schoon te houden. Ik denk dat het een soort waanzin is.

Omdat ze zo geobsedeerd is met douchen, hebben pa en ma haar de kamer en suite gegeven. Zij dachten dat ik het niet erg zou vinden. En ik vind het niet erg. Eigenlijk is het perfect. Ik zou mijn truc niet hebben kunnen uitvoeren als Gret niet haar eigen douche had gehad, met haar eigen handdoekenrek.

De douche wordt dichtgedraaid. Spatten, druppels, dan stilte. Ik verstrak van opwinding. Ik ken de gewoontes van Gret van a tot z. Ze trekt haar handdoek van het rek na het douchen, niet ervoor. Ik kan haar voetstappen niet horen, maar ik stel me haar voor terwijl ze de drie, vier stappen naar het handdoekenrek maakt. Ze steekt haar hand op. Trekt die naar beneden. Eeeeennn...

Precies op het juiste moment: een en al gegil. Een geschokte, enkele gil om te beginnen. Dan een hele reeks, de een na de ander. Ik duw mijn kom doorweekte cornflakes opzij en bereid me voor op de grootste lach aller tijden.

Pa en ma staan bij de gootsteen en praten over de dag die voor hen ligt. Ze verstrakken als ze het gegil horen, schieten vervolgens naar de trap die ik kan zien vanwaar ik zit.

Gret verschijnt voordat ze de trap bereiken. Ze komt gillend haar kamer uit gedenderd, slaat bloederige slierten van haar armen, trek ze uit haar haar. Ze is helemaal rood. De handdoek houdt ze met een hand voor haar voorkant – zelfs als ze zich helemaal het apelazerus is geschrokken zal ze niet naakt naar beneden komen.

'Wat is er aan de hand?' schreeuwt ma. 'Wat gebeurt er?'

'Bloed!' gilt Gret. 'Ik zit onder het bloed. Ik trok de handdoek van het rek en ik...'

Ze zwijgt. Ze ziet me lachen. Ik lig dubbel. Het is het grappigste wat ik ooit heb gezien.

Ma draait zich om en kijkt naar me. Pa doet hetzelfde. Ze zijn sprakeloos.

Gret plukt een kleverig, roze stuk uit haar haar, deze keer langzaam, en bestudeert het. 'Wat heb je in mijn handdoek gedaan?' vraagt ze rustig.

'Ratteningewanden!' gier ik, terwijl ik op de tafel bonk en huil van het lachen. 'Ik heb... ratten gehaald van de vuilnishoop... ze in stukken gehakt... en...' Ik ben bijna misselijk, zo hard moet ik lachen.

Ma staart naar me. Pa staart naar me. Gret staart naar me.

Dan...

'Vuile, vieze...'

De rest van de belediging hoor ik niet meer. Gret vliegt de trap af, voor haar belediging uit. Ze laat onderweg haar handdoek vallen. Ik heb niet de tijd erop te reageren, want ze zit al boven op me, ze slaat en krabt me in mijn gezicht.

'Wat is er aan de hand, Gretelda?' giechel ik, terwijl ik me afweer en haar noem bij de naam die ze haat. Gewoonlijk noemt ze mij dan Grubitsch, maar ze is te kwaad om er nu aan te denken.

'Smeerlap!' krijst ze. Dan grijpt ze me, pakt mijn kaken, wrikt mijn mond open en doet haar uiterste best om een handvol ratteningewanden in mijn keel te duwen.

Ik hou ogenblikkelijk op met lachen; een mondvol rottende ratteningewanden maakte geen deel uit van de grootse über-grap. 'Ga van me af!' brul ik, terwijl woest uithaal. Pa en ma komen plotseling bij zinnen en schreeuwen precies tegelijkertijd.

'Hou ermee op!'

'Hou op met je zus slaan.'

'Ze is waanzinnig!' zeg ik snakkend naar adem en duw me weg van een kokende Gret, val van mijn stoel.

'Hij is een monster!' snikt Gret, terwijl ze nog meer stukken ingewanden uit haar haren plukt en rattenbloed uit haar gezicht veegt. Ik besef dat ze huilt – het echte werk – en haar gezicht is net zo rood als haar lange, steile haar. Niet rood van het bloed maar rood van woede, van schaamte en... angst?

Ma pakt de gevallen handdoek op, brengt die naar Gret en wikkelt die om haar heen. Pa staat net achter hen, zijn gezicht even donker als de dood. Gret plukt nog meer slierten en brokken rat uit haar haar en jankt van angst.

'Ik zit helemaal onder,' gilt ze en gooit vervolgens wat resten naar mij. 'Stinkend, smerig monster!'

'Jij bent degene die stinkt,' kakel ik.

'Genoeg!' Pa verheft zijn stem niet, maar de klank doet ons direct ophouden.

Ma staart me met onverhulde walging aan. Pa's ogen schieten vuurpijlen af. Ik voel dat ik de enige ben die het grappige hiervan inziet.

'Het was een grap,' mompel ik ter verdediging voor de beschuldigingen komen.

'Ik haat je!' sist Gret, barst vervolgens opnieuw in tranen uit en vlucht theatraal.

'Cal,' zegt ma tegen pa, terwijl ze me bevriest met een ijskoude blik. 'Pak Grubitsch aan. Ik ga naar boven en probeer Gretelda te troosten.' Ma noemt ons altijd voluit bij onze naam. Zij heeft ze uitgekozen en is de enige persoon op aarde die niet inziet hoe huiveringwekkend afschuwelijk ze zijn.

Ma gaat naar boven. Pa zucht, loopt naar het aanrecht, scheurt een aantal vellen keukenpapier los en veegt iets van de ingewanden en bloedstrepen van de vloer. Na een paar zwijgende minuten, terwijl ik onzeker naast mijn omgevallen stoel lig, richt hij zijn staalharde blik op mij. Een heleboel scherpe lijnen rond zijn mond en ogen — het teken dat hij echt kwaad is, zelfs nog kwader dan hij over mijn roken was.

'Je had dit niet moeten doen,' zegt hij.

'Het was grappig,' mompel ik.

'Nee,' blaft hij. 'Het was niet grappig.'

'Ik bedoelde er niets mee!' roep ik. 'Wat zij deed was erger. Zij heeft ma verteld over het roken, ik weet dat zij het was. En weet je nog die keer dat ze mijn tinnen soldaatjes heeft laten smelten? En mijn strips in stukken heeft geknipt? En -'

'Sommige dingen doe je nooit,' onderbreekt pa zacht. 'Dit was verkeerd. Je hebt de privacy van je zus geschonden, haar vernederd en haar de schrik van haar leven bezorgd. En de timing! Jij...' Hij zwijgt even en eindigt met een tamelijk zwak '... hebt haar enorm van streek gebracht.' Hij kijkt op zijn horloge. 'Maak je klaar voor school. We zullen het later over je straf hebben.'

Ik draaf ellendig naar boven, niet in staat om in te zien waar alle agressie om gaat. Het was een fantastische grap. Ik heb er uren om moeten lachen toen ik eraan dacht. En al dat werk – het fijnhakken van de ratten, het vermengen met een beetje water om ze fris te houden en kleverig te maken, het vroege opstaan, haar badkamer binnensluipen terwijl zij nog lag te slapen, het voorzichtig aanbrengen van de ingewanden – allemaal voor niets!

Ik kom langs Grets kamer en hoor haar meelijwekkend huilen. Ma fluistert zacht tegen haar. Mijn maag krimpt samen, zoals altijd gebeurt als ik weet dat ik iets slechts heb gedaan. Ik negeer het. 'Het kan me niet schelen wat ze zeggen,' grom ik, terwijl ik de deur van mijn kamer openschop en mijn pyjama uitruk. 'Het was een briljante grap!'

Vagevuur. Een maand lang naar mijn kamer verbannen. Een hele verrekte maand. Geen tv, geen computer, geen strips, geen boeken – behalve schoolboeken. Pa laat mijn schaakspel ook op mijn kamer. Ik hoef niet te vrezen dat mijn schaakgekke ouders me dat zullen afnemen, schaak is bijna een religie in dit huis. Gret en ik zijn ermee opgevoed. Terwijl andere peuters werd geleerd hoe ze een legpuzzel in elkaar moesten zetten, hadden wij het druk de belachelijke regels van het schaakspel te leren.

Ik mag naar beneden voor het eten en ook zijn bezoeken aan de badkamer toegestaan, maar verder ben ik een gevangene. Ik kan in de weekends zelfs niet uit.

In alle eenzaamheid scheld ik Gret de eerste avond uit voor alles wat me te binnen schiet. De volgende avond hebben pa en ma een enorme ruzie. Daarna voel ik me te ellendig om iemand de schuld te geven, dus ik zit in mijn eentje te pruilen en speel schaak tegen mezelf om de tijd door te komen.

Tijdens het eten praten ze niet tegen me. Zij drieën doen alsof ik niet besta. Gret werpt zelfs geen hatelijke of honende blik op me, iets wat ze gewoonlijk doet als ik uit de gratie lig.

Maar wat heb ik gedaan dat zo slecht is? Goed, het was een onbehouwen grap en ik wist dat ik problemen zou krijgen — maar hun reacties waren veel te overdreven. Als ik iets had gedaan om Gret in het openbaar voor joker te zetten, oké, dan zou ik aanvaarden wat er kwam. Maar dit was een privé-grap, gewoon tussen ons. Ze hadden er niet zo'n theater van hoeven te maken.

Ik herinner de woorden van pa: 'en de timing!' Ik denk er veel over na. En aan die van ma, toen ze me onder handen nam over het roken, net voor pa haar onderbrak: 'Dit hoeven we niet, zeker niet in deze tijd, niet als...'

Wat bedoelden ze? Waar hadden ze het over? Wat heeft de timing ermee te maken?
Iets stinkt hier – en het zijn niet alleen ratteninge-vanden.

DE WERELD VAN
DARREN SHAN

Deel 1 Deel 2 Deel 3 Deel 4

Deel 5 Deel 6 Deel 7 Deel 8

Deel 9 Deel 10 Deel 11 Deel 12

COMPLEET!

Wat bedoelden ze? Waar hadden ze het over? Wat heeft de timing ermee te maken?
Iets stinkt hier – en het zijn niet alleen ratteningewanden.

DE WERELD VAN
DARREN SHAN

Deel 1

Deel 2

Deel 3

Deel 4

Deel 5

Deel 6

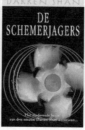

Deel 7

Deel 8

Deel 9

Deel 10

Deel 11

Deel 12

COMPLEET!